Perifobia

Lilia Guerra

Perifobia

Histórias

todavia

Rascunho de Amaro 7

Artigos de luxo 18

Entre roseiras e jabutis 22

A rainha 35

Coisa de guarda-chuva 42

Dia de Graça 45

Resumo de Amaro 51

Talismã 59

Rosa amarela 65

O translado da rosa 76

Patuá 83

Rainha translúcida 89

Avesso 93

Bilíngue 97

Mingau Futebol Clube 100

Planeta rainha 105

Do que é feita Rosalina 108

Sábado de Aleluia 115

Uma fresta na janela 118

Pendência 125

Uma rua no passado 127

Dia viável para passeio com roupa de primavera 131

A Dita 139

Izildinha 141

Didi 145

Vó 149

Rascunho de Amaro

Deixa
desaguar tempestade,
inundar a cidade,
porque arde um sol dentro de nós.

Almir Guineto e Zeca Pagodinho,
"Lama nas ruas"

Acordei e ele estava em minha cama. Chovia. Ouvi o barulho dos pingos e acompanhei a mancha úmida se alastrando pelas telhas e paredes de bloco sem reboco. Levantei e coloquei um balde perto da mesa, onde uma goteira trabalhava com eficiência. Pus água no fogo pra fazer café, cheguei perto da janela, acendi um cigarro e fiquei espiando a enxurrada barrenta correr morro abaixo. Pouca gente na rua. D. Zezé arrastava o neto. O menino, miúdo demais para a idade, ia para a escola e usava um uniforme onde cabiam dois dele. Ela improvisou uma espécie de capa de chuva com um saco de lixo e cobriu com sacolas plásticas os sapatos do pequeno, mas seus próprios pés estavam desprotegidos, calçados nuns chinelos velhos com uma correia de cada cor, e iam escorregando ladeira abaixo. Levava um guarda-chuva remendado e equilibrava o cachimbo no canto da boca. A mãe do garoto tinha sido assassinada com três tiros no peito, numa tarde de domingo. Invadiram o barraco e executaram a infeliz na frente da família. O pai dos guris também morreu baleado, só que numa correria. Deixaram outras três crianças na conta de d. Zezé. Uma menina e mais dois moleques. Um dos garotos foi apreendido. A mocinha juntou os trapos com um homem muito mais velho. Aos quinze anos, já tem dois bacuris. Sobrou o Didi, que é ajuizado e arrumou bico na padaria Caravela a troco de pão amanhecido e das caixinhas dos fregueses. E o caçula, que ela estava levando para o colégio. Ele é surdo. D. Zezé, magra feito um bacalhau, sofre de uma tosse interminável.

Coei o café e tomei um gole. Arrisquei uma olhada no espelho, desafiando o velho receio de encarar a imagem do outro lado. Me achei bonita. Era só um pedaço de espelho, um caco que mal refletia o rosto inteiro.

Dei o cano no serviço em plena segunda-feira. Puta que pariu! Sensação boa. O pau quebrando lá fora e eu, encantada. Só de pensar na cara da d. Celeste, que eu apelidei de Cepeste dá bem pra imaginar por qual motivo, naquele olho cinzento enfeitado de ruga, fulminando a pia cheia de louça e a bagunça do fim de semana por arrumar, me arrepiei. Mulher folgada. No meu dia de faxina, não lava um copo. Eu fico de cara feia, mas fazer o quê? Lavar louça não é minha obrigação, a não ser que for combinado por fora, mas ela dá uma de desentendida. E com a ninharia que me paga, ainda se faz de vítima. Dinheiro chorado. A mulher lamenta toda vez que vai fazer o acerto. Pechincha pra cobrir a condução, diz que não sabe até quando vai poder arcar com essa despesa e que só não me dispensa por pena. Só se for por pena de estragar as unhas. Aquela ali não tem pena de ninguém. O marido é um pobre coitado, um pau-mandado. Só pelos filhos é que ela se derrete. Inspeciona pessoalmente o quarto do Maurício, porque ele precisa do ambiente organizado pra estudar e passar no vestibular. Engenharia. E o da Paulinha não pode ter um resquício de poeira, senão ela entra em crise por causa da rinite alérgica. Mas o seu Furlan, que dá um duro danado trabalhando o dia todo no banco pra sustentar a cambada, não tem direito de abrir a boca. Ela trata o véio aos trancos e barrancos. Sei não se ele não tem outra na rua. Enfim, com tanta má vontade, o dinheiro acaba que nem rende.

Assobiei da janela e o Chanceler veio correndo. O cão Tupi veio junto, na guarda. Neguinho faz-tudo, esperto que só ele.

Zarolho, magricela, voz de taquara rachada. Mata e morre por um trocado. Carreto, volta de rua, levar e buscar criança na creche, entregar encomenda, botar carta no correio, tudo é com o Chanceler. É o mais velho dos seis irmãos e escala a molecada pro batente. Distribui as tarefas de acordo com o horário da escola, uma firma. O pai dele, seu Zé Budega, diz que escolheu o nome assistindo ao jornal da manhã. E ficou assim: Chanceler Santos da Silva. A mãe, d. Cida, é benzedeira respeitada. Zé Budega não é chegado na lida. Os pequenos arranjam ganho na regência do mano mais velho. Trabalham em equipe, no revezamento. Fazem ponto no orelhão comunitário, recebem as chamadas, convocam o solicitado. Dão recado e levam em cima. São pioneiros na atividade, mas em outros pontos já existe concorrência e rixa pela conquista da freguesia. Até na parada de ônibus tem sempre plantonista se oferecendo pra carregar volume.

— Chance! Dá um pulo no Bigode, meu nego? Presta atenção: traz meia dúzia de ovos, uma lata de leite condensado do mais em conta, meio quilo de linguiça fresca, dois maços de Plaza e quatro geladas. O troco é seu, coração.

— Dois palito, Preta!

Me deitei ao lado do Amaro, que parecia desmaiado. Estudei a cicatriz no queixo, o rosto grande, os fios da barba falhada. Primeira vez que botei o olho nele, numa festa na rua Conde, senti uma coisa esquisita. Foi como se eu estivesse caminhando fazia um tempão, sem rumo, sem paradeiro, e tivesse, finalmente, encontrado um abrigo que eu nem sabia que estava procurando. Era o fim de uma andança que já me esgotava. Um descanso, sei lá. Ele estava encostado numa parede. Camisa aberta, peito à mostra. Cabelo cortado à escovinha. Acho mesmo que a gente sempre sabe quando vai ficar com alguém. Eu soube no instante em que vi o Amaro. Apresentados, mandei um beijo no rosto. Senti o perfume. Fragrância de catálogo. *Feitiço*. Calculei que ele devia ter uns vinte e cinco anos. Eu já tinha meus vinte e sete. Puxei papo, sem correspondência. Muita gente dançava a passos estreitos no quintal, coberto com uma lona encardida. Não arredei pé, na esperança de que ele me convidasse. Nada. Tímido demais.

A gente se viu em outras festas e nos ensaios da escola de samba do bairro. Agremiação pequena, mas amada por toda a comunidade. Eu acenava de longe e ia me achegando de mansinho. Perguntava da vida e ele soltava uma coisa aqui, outra ali. Morava com o pai num quartinho, nos fundos de um ferro-velho. Perdeu a mãe muito cedo. Contou que o tiozinho bebia demais, caía de boteco em boteco, dormia ao relento. E que tinha ficado desgostoso com a morte da esposa. Nunca mais se recuperou. Amaro pagava o aluguel do cômodo com o dinheiro que ganhava trabalhando como ajudante na oficina mecânica. O pai descolava uns cobres, a troco de cuidar dos cachorros do dono da sucata e correr o olho no negócio. Mas investia quase tudo em cachaça.

Foi num ensaio da escola que, finalmente, consegui me aproximar de verdade. Na roda, eu apreciava a ginga de tia Rogaciana, sapateando no batuque, acompanhando a sacudida ritmada dos pandeiros, a agitação dos chocalhos. Penso que naquele dia ele estava duro. Custou, mas me pediu um cigarro. Eu ofereci o maço e os fósforos. Notei que ele guardou o palito riscado de volta na caixa. E acho que se sentiu na obrigação de ficar por perto, retribuir a gentileza. Eu estava tomando uma batida de coco melada feito rapadura e estendi o copo na direção dele, que ficou sem graça, mas acabou aceitando. Acho que viramos outros copos de qualquer troço juntos, já que acordei com a cabeça estourando e topei com o Amaro dormindo ao meu lado.

Quando dei fé, morávamos juntos. Ele deixou o pai no quartinho, mas continuou pagando o aluguel. Trouxe pra minha casa uma sacola com umas três mudas de roupa e uma caixa de papelão. Dentro da caixa tinha um vidro de colônia, uma pasta cheia de papéis amarelados, um pente e duas fotografias. Uma do pai com a mãe, no dia do casamento civil, e outra dele, ainda pequenininho, no colo da madrinha, que ele disse não saber por onde andava. O pai tinha abandonado a cidade no dia seguinte ao enterro da mulher. Nunca voltou, nem pra rever os parentes.

Segui minha rotina com as faxinas, mas a vida ficou um pouco mais alegre. Mudei o cabelo e abri conta com a Marinalva, pra fazer a unha de quinze em quinze dias. Nalva era boa manicure e, de quebra, ainda vendia umas muambas. Roupa, maquiagem... Virei freguesa. Passei a pintar as unhas de vermelho e a usar sombra e batom antes de ir para o trabalho. Pra isso, precisava me olhar no espelho. Complicado. Aos poucos, perdia o receio, a vergonha. Diminuía a impressão de casa vazia, revirada e saqueada que eu sentia.

As patroas notaram a mudança. Menos d. Celeste, pra quem eu deixei de trabalhar. Apesar de ter telefonado avisando que não iria no dia em que me desliguei do mundo e fiquei com Amaro, quando compareci na segunda-feira seguinte a danada teve um chilique. Não me mandou embora porque não era boba, afinal. Perder o serviço da trouxa não era vantagem. Fez foi me dizer uma porção de desaforos. Me chamou de irresponsável, ingrata, atrevida. Achei o fim da picada. Trabalhava fazia quase dois anos naquela casa, aturando as porcarias do Maurício, a bagunça da Paulinha e as loucuras e mesquinharias dela. Se eu quisesse comer, tinha que levar marmita. O que ela reservava para o meu almoço não dava para alimentar um passarinho e nunca era a mesma comida servida para a família. Minha parte ficava numa vasilha sobre a pia, um bocadinho de arroz ou macarrão. Ela ainda bancava a generosa. Me mandava fritar um ovo ou ferver uma salsicha. Aquilo me emputecia. Ela escondia as carnes, massas e sobremesas na geladeira e nunca me oferecia um copo de suco, um pedaço de pão ou uma fruta. E olha que fazer faxina pesada dá uma fome de cachorro andarilho, daquele que fica dias sem engolir qualquer farisca.

Por isso, desisti de aceitar o que ela me fornecia e passei a levar minha comida. De manhã, eu tomava meu café com leite, comia pão e mortadela. Eles se deliciavam com uma mesa farta que deixavam pra eu retirar, mas sem provar nadica. Teve um dia em que minha boca encheu d'água quando a menina pegou uma bolacha, lambuzou de requeijão, depois espalhou uma camada grossa de geleia por cima e ficou aquela coisa linda. Colorida. Eu encarei feito criança, mas era admiração. Essa gente sabe o que é bom. O Maurício enchia uma tigela com leite e derrubava dentro os floquinhos que caíam feito chuva de dentro da caixa azul. Era lindo ver as coisinhas amarelas nadando no mar branco. Ele nunca tomava todo o leite, metade ia derramada na pia. Dava dó. Outra coisa linda era a torrada que pulava da maquininha. D. Celeste botava dois pães molengas na máquina e abaixava um botão. Dali a pouco, um apitinho cantava e os pães saltavam moreninhos lá de dentro. Ela derramava mel nas fatias de pão e eu tinha vontade de aplaudir aquela maravilha. Cansei de passar vontade vendo aquela família comendo do bom e do melhor. Na hora do almoço eu requentava minha marmita com um baita bife, legumes e arroz com feijão cozidos à noitinha. Ela olhava tudo com nojinho, um desprezo como se estivesse me condenando, mas eu, nem audiência. Sei o que é trabalhar com tontura e fraqueza. Depois, eu descia para a calçada e fumava meu cigarro. Sempre tinha trabalhado direito e em minha primeira falta ela não foi compreensiva. Pode parecer mentira, mas naquele dia eu senti necessidade de ficar junto do Amaro. Não foi o tempo feio que me impediu de ir. Nem preguiça, nem dor de cabeça, nem nada. Foi o amor, concebido na manhã em que me encontrei nos braços dele. Tive medo de sair e machucar aquele amor novinho. Acabei ficando. Foi um cuidado.

D. Celeste pensou mesmo que ia me humilhar e que eu ia implorar pra ficar, me ajoelhar aos pés dela. Mas minha autoestima estava em ordem com a chegada do Amaro e então resolvi dar o troco. Deixei que ela falasse à vontade, cacarejasse piriris e pororós até cansar. Depois que ela ficou satisfeita, respirei bem fundo. Amontoei a louça, que quase alcançou o teto. Retirei as cadeiras, joguei água no chão da cozinha e fui para os quartos. Arranquei os lençóis, desmontei tudo, como de costume. Os banheiros estavam empesteados, cheios de lixo. A área de serviço, com roupas sujas e limpas misturadas e jogadas pra todo lado. Então, quando ela abriu a porta da cozinha chegando da caminhada e enfiou o pé na água, deu a volta pela sala. Eu estava terminando de retirar os cacarecos da estante. Olhei pra ela calmamente. E dei a notícia:

— Ah! Que bom! A senhora chegou.

— O que foi? Quer alguma coisa?

— Só avisar que vou embora.

— Como assim? Não estou entendendo.

— Não quero mais trabalhar pra senhora.

Ela ficou ainda mais branca. Os olhos, pareciam que iam saltar da cara.

— Ah… não quer mais? Bem, não posso fazer nada. Assim que terminar o serviço, sinta-se à vontade. Pago a diária de hoje.

— A senhora não entendeu. Vou embora agora. Fique com a diária. Vou me trocar e estou de saída.

— E essa bagunça? E o chão? Quem vai secar o chão?

— A senhora, eu suponho. Eu é que não vou.

— Você está brincando. Não pode fazer isso.

— Quero ver quem vai me impedir.

A discussão foi das boas. Soltei tudo o que estava entalado havia tempos. Só não disse que tinha achado teste de gravidez no lixo do quarto da Paulinha, nem que o Mauricinho frequentava as bocas de fumo na favela. Não era problema meu, e dedo-duro nunca fui. Saí de nariz erguido. No elevador, ajeitei minha cara. Contei sobre a briga para o porteiro, seu Claudionor, gente muito fina, e ele rachou o bico. A faxineira e o jardineiro do edifício também ficaram de butuca escutando a conversa, disfarçando para o síndico não perceber que estavam por ali, na cabulagem. Comemoraram minha alforria e a lavada que apliquei na Cepeste, que se fazia de esquecida todo fim de ano e não dava caixinha pra ninguém. Me despedi do pessoal, passei no supermercado dos bacanas e comprei um copo de requeijão, um pote de geleia e uma caixa azul do cereal do tigre. Leite e bolacha eu já tinha em casa. Naquela tarde, caiu um toró dos brabos. Passou um filme antigo na TV, que assisti enrolada num cobertor, comendo floquinhos com leite e bolacha melecada, pensando na Cepeste, que devia estar secando o chão da casa dela. Na mesma semana preenchi o dia vago e nunca mais soube daquele coisa-ruim. Uma madame no prédio da professora pra quem trabalho às sextas andava me sondando. Ofereceu quase o dobro da diária que a mesquinha pagava resmungando. Deus é bom.

Por causa do Amaro, passei a ter pressa pra chegar em casa e já não me incomodava com a condução lotada. Trabalhava durante a semana, mas gosto mesmo eu tinha era de ajeitar minhas coisas. Aos sábados, enquanto ele estava na oficina, eu ligava o rádio e mandava ver na arrumação. Fui ajustando tudo aos pouquinhos. Meu barraco, que antes era meio sem graça, ganhou toalhinhas, vasos e até uma cortina. O piso de cimento queimado tingido de vermelho levou cera e foi lustrado. Amaro desentupiu as bocas do meu velho fogão, que ficou tinindo. Desentortou as panelas com paciência e eu ariei todas elas. Ficou tudo brilhando. Ele consertou as gavetas do guarda-roupa que estavam caindo. Guarda-roupa que passamos a dividir. Eu trouxe pra ele umas camisas e bermudas que ganhei de uma patroa, peças que o genro dela já não queria usar. Comprei uma colcha azul do homem que passava vendendo peças pra enxoval de porta em porta. Custou o olho da cara, mas dava pra pagar em seis vezes. O valor sairia mais que dobrado. Fazer o quê? De dentro de uma mala que ficava embaixo da cama tirei um lençol e duas fronhas, que vinha guardando fazia um tempo. Estavam amarelados, então lavei tudo com capricho e pus pra secar no varal comunitário. Mas fiquei de olho pra ninguém passar a mão. Acendi um cigarro e me sentei no banco de madeira que seu Dito sapateiro fincou perto das cordas. Era um dia bonito, com sol e vento. O lençol branquinho dançava contente. Tão contente quanto eu, agora que não estava mais sozinha. Comprei também um espelho. Guardei o caco antigo. No espelho novo, pude ver a cara inteira.

Apesar da pouca idade, Amaro tinha um jeito maduro, e acho que se sentiu acolhido. Passamos a ir aos ensaios e às festas do bairro com menos frequência. Tomávamos em casa a nossa cervejinha, gostávamos de assistir a filmes na televisão. Tínhamos paz. Aos poucos, o entusiasmo virou afeto. Aquele homem que era sério e calado se abriu comigo. E eu me entreguei a ele também. Como eu chegava mais cedo do trabalho, passava no açougue, comprava meio quilo de qualquer coisa, punha a comida no fogo e ficava esperando. E quando a porta rangia, o cheiro de graxa me alcançava e meu corpo levava um tranco. Ele me cumprimentava meio sem jeito. Elogiava o aroma do ensopado e mostrava que tinha trazido pão para o dia seguinte. Depois de tomar banho, comia tudo com um apetite que dava gosto. Me ajudava a ajeitar a louça. Víamos o restinho do jornal e um pedaço da novela. Amaro se aconchegava nos meus braços, mas era eu que me sentia protegida.

Noite quente, a gente sentava um pouco do lado de fora, pra esperar as telhas esfriarem e o quarto ficar menos abafado. Acho que existe uma estrela no céu pra cada criança da favela. O barulho que elas fazem toma conta do mundo. Tem um barrigudinho com o rosto manchado por causa dos vermes, dentes pretos de cárie e nariz escorrendo eternamente, que é o general da banda. Tem a filha da d. Toquinho, uma pretinha linda que vive com o dedo na boca, cabelo despenteado e chora por tudo. Todos os netos do seu Dito sapateiro, Chance e sua turma, o menino da d. Zezé, que está sempre reinando com a patota. Uma tropa incontável de afilhados da madrinha pobreza.

Amaro se divertia com as confusões que eles arranjavam. Às vezes, d. Marilda, minha patroa da sexta-feira, me dava uma sacola de fruta. Morando sozinha e dando aulas num colégio durante o dia e em uma faculdade à noite, não dava conta de comer nem a metade do que comprava. Quando eu chegava pela manhã, encontrava tudo embalado e com um bilhetinho, dizendo que era pra eu levar pra casa. Boa mulher. Inclusive, me presenteou com uma maquininha de esquentar pão, como a que tinha na casa da Cepeste. D. Marilda me ensinou que se chamava torradeira e eu passei a comprar os pães quadradinhos e a pegar mel com a d. Cida benzedeira. Na rua da oficina funciona uma feira livre às sextas e Amaro também trazia uma porção de coisas, presentes dos amigos feirantes. Eu ajudava a picar aquele monte de fruta madurinha. Ele espremia laranjas pra fazer calda e botava um punhado de açúcar. A salada rendia e quando terminávamos de jantar e íamos pra fora, ele mandava cada pequeno arranjar em casa tigela e uma colherinha. E distribuía a salada geladinha. Eles comiam com gosto. Discutiam quando encontravam um pedaço de fruta diferente e davam opinião sobre o que era ou deixava de ser.

Um dia, Amaro entrou em casa com um envelope. Chance tinha recebido do carteiro e pediu pra ele me entregar. Carta da mana da Bahia. Abri e encontrei fotografia dos sobrinhos. Mostrei a foto. Ele disse que os meninos se pareciam comigo. Daí, rodeou, ensaiou. Acabou tomando coragem. Pegou minha mão, meio desajeitado.

— Preta, você... você quer ter filho?

Fechei os olhos. Dei uma volta, acendi um cigarro. Passei pelo espelho, olhei de relance, mas não o enfrentei. Era meu segredo. Segredo que eu trouxe dos confins, fugindo de todo mundo que sabia dele. Reconheci a antiga sensação de vazio. Um vento dentro de mim, como se minhas janelas estivessem escancaradas. Casa sem mobília.

Artigos de luxo

Não sei negar esmola
a quem implora a caridade,
me compadeço sempre de quem tem necessidade,
embora algum dia eu receba ingratidão,
não deixarei de socorrer a quem pedir o pão,
eu nunca soube evitar de praticar o bem
porque eu posso precisar também.

Nelson Cavaquinho, "Caridade"

Às vezes eu sinto remorso. Tiago nunca me perguntou pelo pai. Eu também não toquei no assunto. Pra que é que eu ia dizer que não sabia nada sobre o cara com quem saí uma vez depois de um baile e nunca mais pus os olhos em cima? Ele disse que se chamava Almir. Mas a gente diz o que quer. É ou não é? Não era bonito, nem achei simpático. Mas era alinhado. A roupa muito limpa e bem passada, barba feita. Dançamos um forró sem compromisso, tomamos umas e outras e fomos pra um lugar qualquer. Ele estava tão bêbado que nem notou quando retirei uma espécie de broche pregado em sua camisa, um alfinete dourado com uma figa, um trevo e um crucifixo. Coisa sem valor, mas que guardo até hoje, nem sei por quê. Fora isso, não restou mais nada daquela noite. Mais nada é o caramba. E o Tiago? Não é nada?

Eu já tinha a Stephanny, fruto de um namorico adolescente, e depois veio a Fernanda. Dessa vez eu tava apaixonada mesmo. Juntei os trapos e tudo. Quando anunciei que ia morar com o Romilson, meu pai construiu um cômodo e cozinha nos fundos da casa pra nós. Coitado do pai. Gostava do Romilson. Dizia que era trabalhador e boa gente. Quando ele foi embora, acho que o pai até sofreu mais do que eu. De repente, Romilson não quis mais saber de mim. Disse que pagava a pensão da menina todo mês, visitava, mas não queria mais nada comigo. No começo, achei que fosse mudar de ideia, mas ele logo se arranjou com outra e teve até um filho com ela.

Meu pai me disse que era natural o Romilson ter ido embora. Que eu não queria saber de melhorar de vida, e que se eu ao menos limpasse, lavasse e cozinhasse direito, talvez ele tivesse ficado. Disse também que ele merecia mesmo coisa melhor. Doeu. Aquele dia doeu. E o que mais machucou foi perceber que talvez o pai tivesse razão. Depois que foi morar com a outra, o Romilson se transformou. Cabelo sempre aparado, camisa passada com capricho. Até os dentes ele tratou.

Mesmo com a pensão da Nanda e um benefício do governo, às vezes não tinha nem o do pão. E pra não amolar a mãe a todo momento, eu recorria à caderneta no armazém do Bigode. Mas ele não fiava cerveja nem cigarro. Dizia que pra essas coisas o povo sempre arranja o "em espécie". Também não liberava refrigerante e outros artigos que considerava de luxo. E suspendia o crédito se o pagamento atrasasse um só dia. Mas fiava cachaça pros pinguços. Falava que bêbado que se preza paga a conta do bar direito, pra não correr o risco de ficar sem mamar.

Um dia mandei o Tiago ao armazém. Ele devia ter uns seis anos. Encomendei pão, leite, uma pedra de sabão, cigarro e um Ki-Suco de uva.

A Nanda queria suco. O benefício ia sair no dia seguinte. Junto com a listinha, mandei o dinheiro do cigarro. Mas o Tiago voltou de cabeça baixa e com a sacola vazia.

— Bigode não quis fiar, mãe. Mandou dizer que a senhora tem que acertar a caderneta primeiro. Trouxe só o cigarro.

Senti uma raiva tão grande que não cabia em mim. Raiva do Bigode. Raiva de mim mesma. Ralhei feio com o Tiago.

— E pra que você trouxe essa merda, então? Por que não trouxe o pão e o suco pra sua irmã?

— E a senhora ia ficar sem fumar, mãe?

Eu tinha falado só por falar. No fundo, sabia que se ele não tivesse trazido o cigarro eu ia acabar me descontrolando e descontando minha bronca em alguém. Nele, muito provavelmente. Ele também sabia. Tudo na vida é questão de costume. Os meninos nasceram na pindaíba. Se habituaram a viver assim. A não ser a Nanda. Principalmente quando chegava da casa do pai. Vinha cheia de vontades, querendo isso e aquilo. Lembro de um dia em que a mãe me arrumou um pacote de macarrão e uma lata de molho. Era só o que tinha para o almoço. E se a mãe não tivesse quebrado o galho, nem aquilo a gente ia ter para comer. Mas quando pus o macarrão no prato da Nanda, ela começou a choramingar. Queria queijo ralado. Que merda. O choramingo virou choro. O choro virou berreiro.

— A Val sempre põe queijo ralado no macarrão pra mim.

Fiquei cega de fúria.

— Vá morar com o seu pai, então. E com a piranha da Val, já que ela é tão boa.

E mandei o prato com macarrão e tudo na parede.

De noite, a Nanda começou a ter febre. Preocupei. Ela ardia. E repetia que queria macarrão com queijo ralado. Tinha sobrado um pouco na panela. Mandei o Tiago no armazém pedir o queijo, e disse pra anotar na caderneta.

— Bigode vai negar, mãe. Vai dizer que é luxo, que não é necessidade.

Explodi.

— Vai, moleque desgraçado! Não discute.

Tiago demorou. Mas trouxe a encomenda. Eu já estava impaciente.

— Foi buscar o queijo na fábrica?

— Não, senhora.

Stephanny, assim como eu, arrumou barriga com quinze anos, só que deu sorte. O moço quis se ajuntar e criar com ela a minha netinha. Tiago sempre foi ajuizado. Com oito anos começou a fazer carreto na feira. Depois, conseguiu um bico na oficina mecânica e me entregava quase todo o dinheiro que ganhava. Guardava sempre um pouquinho numa caixa de sapato em cima do guarda-roupa, e eu respeitava. Não me faltava nada. A Nanda também foi crescendo e praticamente se mudou para a casa do pai. Eu achava até bom. Um pouco de paz, afinal.

Mas um dia notei que a caixa com o dinheiro não estava no lugar. Não dei importância. Achei que o Tiago fosse comprar um tênis da moda, uma blusa, qualquer coisa assim. Andava tão bonito o meu moleque. Devia estar enrabichado. Era uma segunda-feira, nunca esqueço. Fazia um frio de rachar e eu estava encorujada dentro de casa. De repente, ouvi um pipoco. Parecia tiro. Depois, gritaria, confusão. Logo chamaram da calçada.

— Nice, corre. É o Tiago!

Meu coração disparou.

— Meu filho, mataram meu filho!

Tiago tinha entrado no armazém e descarregado três tiros no Bigode. Não fugiu, nem largou a arma. O dinheiro que vinha ajuntando era pra isso. Pra comprar um revólver.

Desde então, todos os domingos, religiosamente, entro nesta fila e espero pra ver meu menino, que agora é interno.

Tiago não soltou uma palavra. Nada. Nunca. Mas não me sai da cabeça o dia em que a Nanda quis comer o maldito macarrão com queijo ralado. Por que foi que o Tiago demorou tanto naquele dia, meu Deus? Por quê?

Entre roseiras e jabutis

E aprenda a lutar pela vida pra se prevenir,
conheça todas as maldades pra não se iludir,
espalhe amor por onde for!
Quem sabe amar destrói a dor!
E seja todo o seu viver
um mundo cheio de prazer.

D. Ivone Lara, "Sorriso de criança"

Era uma casa grande. Tinha um jardim bem na frente. Pequeno, mas com roseira de rosa amarela, a minha preferida. O chão do quintal era revestido de caquinho vermelho. Devia ter um milhão de cacos ali, eu imaginava. E assim que aprendi a contar, cismei que tinha que saber o número exato. Tentei calcular uma porção de vezes, mas alguém sempre me impedia. Ou era a Vó que ralhava, a patroa que me pedia pra fazer algum favor, ou a Jacqueline, que chegava de moto com o noivo e me mandava guardar os capacetes, enquanto se embarafustava com ele jardim adentro e ordenava com aquela voz esganiçada:

— Agora vá brincar em outro lugar, Isabel. Vou ajudar o Dante a estudar pra uma prova e não quero saber de barulho por aqui!

Dava uma raiva danada, eu não fazia barulho nenhum com a minha contagem. Ela é que emitia uns sons esquisitos enquanto ajudava o Dante com os estudos.

Uma vez, eu já tinha contado duzentos e sete caquinhos e chegou o dr. Azevedo. Desceu do carro, abriu o portão e estacionou no quintal. Fiquei aborrecida. E mais aborrecida com o jeito que ele olhou pra mim, o jeito que ele sempre olhava. Deu vontade de mostrar a língua pro velho. Mas se a Vó soubesse, eu ficava sem a língua. Dentro da minha mente, eu mostrei. E falei uma porção de desaforos também. Aliviou um pouco.

A patroa, d. Eneida, ficava o tempo todo na cozinha com a bundona enterrada na cadeira, falando disso e daquilo. A coitada da Vó tinha que ficar de olho nas panelas e ainda dar atenção a ela, com cara de quem estava adorando o papo. Sempre que o dr. Azevedo chegava, cumprimentava d. Eneida com um beijo na testa. Era uma espécie de ritual e eles fechavam os olhos nessa hora. Acho que ela fechava pra sentir melhor o beijo. E ele, pra não ver o que estava beijando. Não sei por quê, já que ele também não era nenhum galã de telenovela. Tinha cara de quem tava eternamente com apendicite. D. Eneida me mandava apanhar os chinelos pro miserável.

— Filhinha, corre no quarto e pega os chinelos do doutor!

A Vó ficava fula. Detestava que me fizessem de empregadinha. O Azedo dizia que ia esperar no escritório e a mulher continuava tagarelando na cabeça da Vó. Era sempre a mesma coisa e ninguém notava. Eu ia levar os malditos chinelos, no maldito escritório. E o velho, que também era um maldito, me agradecia com desvelo.

— Obrigado, Isabel. Como você está bonita hoje! Vem cá, vem! Eu tenho umas balinhas guardadas na gaveta.

Ele me sentava no colo e procurava as balas. Fazia isso bem devagar. Alisava meu cabelo e beijava meu rosto. Mas não fechava os olhos, como fazia com a esposa. Eu tinha uns sete anos quando comecei a perceber que aqueles carinhos me causavam um baita enjoo. Com o tempo, os agradecimentos foram ficando mais intensos. Os beijos cada vez mais próximos da minha boca e as mãos passeando por dentro do meu vestido. Os enjoos aumentavam com a mesma intensidade com que crescia a ousadia do calhorda. E quando eu já não suportava, me desvencilhava das garras dele, ia correndo pro banheiro e vomitava tudo o que tinha no estômago. Não aliviava nada.

Um dia, o dr. Azevedo chegou em casa bastante determinado. Executou o ritual de beijar a mulher como quem beija um monte de merda fresca, disse que tinha um caso pra estudar e que estava com os pés doloridos. A patroa me solicitou.

— Corre aqui, Isabel! Meu bem, você leva os chinelos para o doutor no escritório?

Olhei bem pra cara do velho. A baba escorria pelos cantos da boca do sacana. Puta que pariu! Era só eu que notava? Respondi para d. Eneida, mas olhando dentro dos olhos dele:

— Os chinelos já estão no escritório.

Ela me parabenizou, como quem recompensa um cãozinho adestrado que cumpriu uma tarefa.

— Muito bom, Isabel! Ouviu o barulho do carro e já foi levar os chinelos para o escritório. Você está crescendo e ficando muito esperta!

O olhar do desgraçado quase me desintegrou. Ele entendeu que eu havia iniciado o combate.

D. Eneida gostava de comer pão com Leite Moça e sempre me oferecia. Eu ficava com vontade de aceitar, mas lembrava de uma das inúmeras regras do manual básico de sobrevivência para crianças criadas na casa dos patrões, e que minha Vó recitava constantemente:

— Você só come o que eu te der. Entendeu?

Era dureza menear a cabeça negativamente na frente do pão com Leite Moça. Mas era isso ou ficar sem a cabeça. O jeito era fingir que eu odiava pão com Leite Moça. Dentro da minha mente, eu aceitava. Não aliviava nem um pouquinho.

Outra regra do manual bastante recitada:

— Você deve entrar muda e sair calada. Não importa aquilo que você viu, convença-se de que não viu.

Então, eu nunca vi a Jacqueline e o Dante se acasalando no jardim. Eles só estudavam. E quando se cansavam de estudar, iam procurar uns beliscos na cozinha. Ela entrava descabelada, vermelha, com um sorriso de orelha a orelha, e brincava de patroa.

— Madalena, faz um suco de laranja pro Dante? Isabel, depois você leva na sala, tá?

A patroa olhava com olhos abençoadores. A Jacqueline, pelo jeito, seria sua sucessora. Só mais uns dez anos e era a Jacque que ia enterrar o rabo na cadeira e comer pão com Leite Moça. Quando pensei nisso, senti um calafrio. Quem é que ia suceder santa Madalena? A Vó ficava contrariada com os mandados de patroinha. Parar o serviço pra fazer suco de laranja pro Pedante. Eu me oferecia pra levar a bandeja, mas ela não deixava e ia servir os pombinhos pessoalmente. Dava vontade de falar pra "Jecaline" levantar e preparar ela mesma a porcaria do suco, em vez de encher o saco da minha Vó. Só que, se eu falasse, ficava sem os dentes. Mas dentro da minha mente eu falava. Aliviava só um pouco.

Na casa, moravam dois jabutis. Eles gostavam de se esconder e eu ficava atrás deles. Mas era tão lerda quanto os dois e muitas vezes cochilava, esperando que eles saíssem dos esconderijos a passeio, para acompanhá-los. Teve um dia em que adormeci no jardim. Quando despertei, dei com o dr. Azedo me comendo com os olhos, do alto de todo o tamanho dele. Ele sorriu. Um sorriso tão agradável quanto tomar soro na veia e ficar com aquela agulha cutucando a gente por dentro. A casa estava silenciosa. A velha Eneida tirava seu cochilo da tarde no quarto e a Vó lavava um banheiro no andar superior. Eu era um pouco lerda, sim, mas naquela hora não dei nem tempo pro demônio raciocinar. Levantei feito um foguete e corri pra perto da minha Vó. Ela deu bronca, mas nem me importei.

— Não pisa no sabão, praga. Olha aí o pano!

Deu vontade de contar pra ela sobre as coisas que o dr. Azedo fazia. Mas se eu contasse a Vó matava ele. Eu sei que matava. Daí, nem emprego, nem casa, nem nada. Mas dentro da minha mente eu contei. Aliviou por uns tempos.

Jecaline se casou com o Pedante e teve um bebê. Continuou morando no casarão com a nova família, com o pretexto de que os pais precisavam de companhia. Desculpa esfarrapada. É que o Dante não tinha onde cair morto. Era filho de um casal de feirantes, gente bem humilde. Os pais pagavam a faculdade com o maior esforço e ele acabou arranjando um estágio no escritório do dr. Azedo. Jecaline caiu de quatro pelo aprendiz de canalha e ele não deixou por menos. A Jeca era biscatona de carteirinha, ia ser difícil arranjar um otário pra casar. A não ser um pé-rapado feito o Dante, que precisava de um muro pra se escorar. Se pelo menos ela fosse bonita. Mas nem isso. E ainda era muito mais velha, o que, tecnicamente, não seria um problema se ele, além de tudo, não fosse lindo do jeito que era. Ela engravidou antes de casar e o dr. Azevedo ficou louco da vida. Deram remédio pra ela abortar, mas não deu certo. Se casou às pressas, vestida numa cinta tamanho zero. Depois viajou, ficou um tempão no interior e voltou já com a criança no colo. A menina era molinha, pálida. Jacqueline envelheceu dez anos em um, às voltas com a filha, que estava sempre internada, com um monte de problemas. Jeca engordou horrores e começou a implicar um bocado comigo.

— Madalena, a Isabel é preta, mas tem cabelo bom, né?

Minha Vó suspirava.

— O pai dela é branco, Jacqueline. É por isso.

Jeca queria me ver pelas costas.

— Essa menina tá boa pra trabalhar, Madalena. Se quiser, eu falo com minha prima que precisa de babá.

Eu tinha vontade de dar uma boa resposta. Mas olhava pra ela, tão acabada e com aquela criança delicada no colo. Sentia um pouco de pena. Além do mais, tinha o manual de regras e minha Vó jurando virar minha cara do avesso se eu saísse da linha.

Quando d. Eneida morreu, eu já tinha uns doze anos. Diabetes. Assim que ela se foi, o dr. Azevedo ficou bem doente. Andava pela casa se arrastando, com um pijama mijado, cabelo todo despenteado. Não dava pra entender nada do que ele dizia. Por causa de um derrame, a fala ficou prejudicada, o que dava uma puta agonia. Ele mexia os músculos e arregalava os olhos, tentando balbuciar naquele idioma idiotizado dele. Com a morte da velha Eneida, a Jecaline virou mesmo a dona da casa. Exigente e muito preguiçosa, sentava-se à mesa e se entupia de tanto comer. O pai ficava ao lado dela. Cabeça baixa, olhos fixos no prato de sopa rala. A meninazinha os acompanhava, instalada num carrinho. Até que eu simpatizava com a pequena. Às vezes, patroinha nova me pedia pra dar uma olhada nela. Era bonitinha a coisica.

Dante se formou e assumiu o escritório do sogro. Virou dr. Dante. Doutorzinho bem fuleiro. Vó Madalena, mais vagarosa, por causa da idade e do reumatismo, dava conta das tarefas como podia. Eu tentava ajudar, mas ela não gostava. O que a alegrava nessa vida era me ver chegar do colégio à tardinha e me debruçar sobre os livros em nosso quartinho, nos fundos. Mas era uma alegria um pouco triste, sem riso. A Vó não sorria.

O tempo passava e os jabutis praticavam as mesmas atividades. Eta bicho que enterra a gente e vai ficando. No jardinzinho, as rosas amarelas já tinham morrido e nascido muitas vezes. Eu desenvolvi um método de contar os caquinhos do chão do quintal. Riscava um "m" com um estilete em cada um e, pra cada caco riscado, fazia um "x" numa caderneta. Assim, podia parar a pesquisa quantas vezes precisasse. Quando voltava a contar, pulava os cacos marcados e não me perdia. Um dia, quando todos os cacos tivessem seu "m", eu ia contar os "x" e saber quanto dava. Ninguém nunca notou as marcas nos caquinhos. Escolhi a letra "m" porque era a letra da Vó. E a Vó era a pessoa mais importante do mundo pra mim.

Meu pai não quis me dar nem nome e o marido que minha mãe arranjou quando eu já tinha nascido disse que só casava se ela não levasse filho de outro nas costas. Ela topou. Tinha um medo terrível de morrer solteira. De vez em quando, aparecia na mansão pra ver a gente. No começo, eu sempre achava que tinha ido me buscar pra morar com a nova família. Mas ela ia embora sem mim e eu ficava esperando a próxima vez. A Vó me pegava no colo e dizia que estava guardando um dinheirinho. E que, um dia, a gente ia alugar uma casa só nossa se eu estudasse, arranjasse um emprego bom e não fizesse nenhuma besteira na vida. Quem sabe, a gente podia até comprar uma casa. Quando eu era bem pequena, acreditava em tudo. Mas, depois, meti na cabeça que aquilo não ia acontecer. Ela definhava mais e mais a cada dia, de tanto trabalhar feito escrava naquela casa. Eu sabia que ela ia morrer também. Como as rosas. O Dante começou a me cercar e fiquei indecisa. Os olhos dele tinham qualquer coisa parecida com os olhos do dr. Azevedo, mas do Dante eu não tinha nojo. Uma vez, ele me encurralou no quintal e roubou um beijo. Eu ia gritar, mas notei que o Azedo nos espiava. Deu vontade de mostrar que o que ele tinha planejado fazer comigo eu ia fazer com o marido da filha dele, o pai dos netos dele. Caí nos braços do Dante e o velho surtou. Começou a grunhir daquele jeito asqueroso dele e a Jacqueline veio correndo. Me escondi atrás de um armário. O velho não conseguia falar, nem apontar. Olhava desesperado na minha direção.

— Que foi, papai? Dante, o que houve?

— Não sei, amor, eu estava na biblioteca estudando uns documentos...

Foi muito divertido acompanhar a agonia do traste tentando nos delatar. Tomei gosto pela coisa. Toda vez que o Dante estava num lugar estratégico, onde não houvesse ninguém por perto a não ser o dr. Azedo, eu ficava dando sopa. O biruta do Dante me agarrava, mesmo sabendo que o sogrinho estava olhando. Com o tempo, o desgraçado deixou de tentar alardear o que via. Ficava sempre na espreita quando suspeitava que íamos nos encontrar em qualquer canto da casa. Nos observava, impotente.

O caso com o Dante engrenou. Começamos, de fato, num dia em que a Jacqueline estava com a menina no hospital. A Vó havia saído pra fazer compras. Antes de ir para o trabalho, ele bateu na porta do quartinho, entrou e me disse pra ficar quieta, só que de um jeito suave. Eu tinha acabado de completar catorze anos e não era nem um pouco romântica. Não queria saber de príncipe encantado, nem de casamento. Disse a ele que só tinha medo de ficar grávida e matar minha Vó de desgosto. Mas ele me tranquilizou. Também não estava a fim de ter filho nenhum comigo. O véio Azevedo devia estar dopado em sua toca, porque não apareceu pra nos espionar. Uma pena.

Tinha dias em que o Dante me esperava perto da escola, depois da aula. Eu falava pra Vó que ia estudar na casa de uma amiga e me mandava com ele, que se desdobrava pra fazer minhas vontades. Oferecia chocolate, sorvete, mas eu pedia sempre a mesma coisa: pão com Leite Moça. Ele achava esquisito, mas comprava. Me levava pra um apartamento que não sei de quem era e eu comia a lata inteira e uns três pãezinhos. Quando a gente se encontrava dentro da casa, eu me vingava do velho. Quando o encontro era na rua, eu me vingava da Jacqueline. O pão com Leite Moça eu oferecia pra patroa velha lá nos quintos, onde ela devia estar ocupando uns três assentos. Eu não conseguia esquecer que ela tinha sugado minha Vó enquanto pôde nesta vida. Se fazia de boa, mas explorava a pobre com a desculpa de que a deixava morar com a neta no quarto dos fundos. Pagava uma miséria que chamava de salário, mas, pra mim, aquilo era uma esmola. A Vó trabalhava por quatro, limpando aquela casa imensa. Lavando, passando e cozinhando pra todos, fazendo compras na feira e no supermercado. À noite, quando se deitava depois de servir o jantar e ajeitar a cozinha, lá pelas tantas, dava pena ver como vinha exausta. Eu pensava em tudo isso quando estava com o Dante. Aliviava um bocado.

Eu já estava com uns dezessete anos quando o reumatismo, inimigo implacável de quem passa a vida se revezando entre o calor do fogão e do ferro de passar e o frio da pia e do tanque, venceu a Vó. Ela já não conseguia trabalhar, embora se esforçasse. E, como eu previa, a cadela da Jacqueline descartou minha preta como se ela fosse um pneu careca.

— Madalena, eu sinto muito, mas você sabe como é. Eu tenho a menina, que me dá muito trabalho, e os garotos pequenos. Não posso ficar sem alguém que cumpra a rotina da casa e você já não dá conta do serviço. Vou contratar outra pessoa e terei que acomodá-la no quarto de empregada. Mas é claro que te darei um tempo pra se organizar. A Isabel podia ficar no seu lugar e vocês continuariam morando aqui. Ela conhece tão bem os hábitos da casa. Se quisesse tentar, eu faria uma experiência. Mas, ao que me parece, a Isabel não leva jeito pra serviço doméstico. Você não preparou sua neta para a vida, Madalena.

Filha da puta! Queria que eu fosse a sucessora da minha Vó, assim como ela era a da mãe dela. A Vó nunca havia sido registrada em carteira, as leis trabalhistas não contemplavam as denominadas funcionárias domésticas. Jecaline estava com a faca e o queijo na mão. O Dante quis intervir, mas não tinha argumento. Deixei claro que, quando eu caísse fora, ele podia me esquecer, não punha mais a mão em mim. O cretino me pediu calma, disse que ia tentar ajudar. Mas eu estava furiosa e disse pra ele não aparecer na minha frente nem pintado de ouro e torcer pra Jeca contratar uma empregada gostosa. Depois, me arrependi. Fiquei pensando que se ele aparecesse pintado de ouro, tudo bem. Eu arrancava o couro dele e vendia.

Arranjamos um quarto e cozinha nos fundos da casa de uma conhecida. Sem comprovação de renda, não dava pra alugar nada através de uma imobiliária. Era uma espécie de favor, mas a gente pagava o aluguel com as reservas que a Vó tinha feito. Eu também tinha um pouco de dinheiro guardado. O Dante sempre pingava algum na minha mão, mas era dinheirinho de criança. Minha mãe não podia fazer nada por nós. Tinha dois filhos com o marido beberrão dela e estava numa pior. Eu precisava arranjar um emprego, mas a Vó implorava pra eu não parar de estudar.

No dia em que nos mudamos da mansão, eu só me despedi dos jabutis e das rosas. O velho Azevedo tinha virado um fóssil, em cima da cama, acho que tinha esquecido de morrer. Passava o dia com os olhões arregalados, aqueles olhos de urubu que ele não tirava de mim quando eu era pequena. Devia ficar remoendo que, dentro da casa dele, o genro e a neta da empregada se esfregavam. E o quanto ele era incompetente por não ter conseguido uma proeza dessas.

Eu gostaria de dizer que me formei em direito com muito sacrifício, processei a "abnegada" família e defendi minha Vó no tribunal, mas não foi bem assim. Primeiro, porque eu nunca quis fazer direito. Segundo, porque não podia esperar tanto tempo pra agir, e terceiro, porque as leis não estavam mesmo a favor da Vó. Mas fiquei matutando. Na minha teimosia, procurei um advogado e contei toda a história. O dr. Máximo achou graça numa fedelha como eu querendo saber sobre leis trabalhistas. Explicou que até dava pra acionar o Ministério do Trabalho e fazer algumas alegações quanto a valores e sobre a doença da Vó, mas que não havia nenhuma garantia de que ela ganharia a causa. Disse que, em eventual resposta favorável, ficaria com uma porcentagem da indenização pra cobrir seus honorários. E que eu também podia recorrer a um defensor público, que não cobraria nada, mas certamente o processo levaria mais tempo. Tempo era um material que eu não tinha. A Vó não podia esperar. Falei que queria que ele cuidasse do caso, mas o imbecil se fez de rogado. Valorizou o passe, alegou que normalmente cobrava uma taxa para a abertura dos processos e disse que não sabia se valia a pena se desgastar. Podia ser uma ação morosa, que, além de tudo, não renderia muito lucro. Balela. Era um advogadinho de bosta, atendia numa sala que era um pulgueiro e com certeza não possuía clientela refinada. Devia viver plantado em porta de cadeia, na cola de quem estava enroscado com a Justiça pra poder explorar, mas me achou com cara de otária e quis se fazer de bacana, me convencer de que era um bacharel renomado. O manual de sobrevivência também dizia que às vezes a gente tem que se fingir de morto, e esse parágrafo se aplica a inúmeras situações.

Não que eu fosse a oitava maravilha do mundo, mas acho que fazia o tipo de advogados ordinários. Captei no dr. Mínimo um olhar que era meu antigo conhecido, idêntico ao do dr. Azedo e ao do doutorzinho Pedante. Eu não tinha mesmo grana pra pagar a tal taxa prévia. Amortizei a dívida alimentando o abutre. Ele pegou o caso.

Consegui trabalho numa loja e continuei estudando, como era o sonho da Vó. Prestei vestibular e não entrei de primeira, mas na segunda vez consegui. Serviço social. Fomos levando. Minha velha tinha cuidado de mim desde que desembarquei neste mundo e andava exausta, com dificuldade de seguir sozinha. Era a minha vez de remar. Dei corda no advogado regularmente e em um ano a audiência foi marcada. Soube que o dr. Azevedo tinha se lembrado de morrer e lamentei. Queria que ele mastigasse com aquela boca mole a audácia da velha Madalena em meter seu refinado nome no pau. Bobagem. Mesmo que estivesse vivo, não ia entender porra nenhuma, senil do jeito que andava em seus últimos anos.

No dia da audiência, acompanhei a Vó ao fórum, claro. O incompetente do Dante assumiu o caso, representando os seus. Nosso advogado também não era grande coisa, mas estava devidamente motivado. Madame Jacque, mais gorda do que nunca, me olhou com ódio, e o Dante deve ter sacado que eu estava dando para o colega dele. O juiz quis saber por que os mensais pagos à minha Vó a vida inteira foram sempre tão abaixo da média. Jeca alegou que havia um acordo e que a Vó prestava serviços em troca de moradia gratuita, que criara a neta, inclusive morando sem pagar aluguel. O digníssimo achou irrelevante. Tinham oferecido moradia porque quiseram. Salário e direitos eram coisas distintas de acordos. Mais de vinte anos de serviços remunerados com um salário que não se assemelhava nem de longe a uma ajuda de custo? Jacqueline foi avermelhando. Dante tentava explicar o inexplicável. O dr. Máximo apontou a questão da saúde de sua cliente, que havia se desgastado nas atividades laborais. O juiz não era lá muito paciente e disse que essa questão devia ser vista com a Previdência. Definiu um valor a ser pago de forma a indenizar minha Vó minimamente. Se a Vó concordasse, podiam pagar em parcelas. Senão, que se virassem e quitassem integralmente o débito. Era uma mixaria e, ainda assim, Tia Jeca quase pariu um elefante e ameaçou recorrer. Eu acompanhava tudo e encarei o Dante com meu olhar mais meigo. Ele convenceu a Jeca de que, se recorressem, perderiam novamente, e que mesmo que a Vó morresse sem receber, a família teria direito. A família era eu. Acho que a Jacqueline pensou: "Pra essa vagabunda não pago, prefiro pagar pra velhota". Isso porque nem desconfiava de que eu tinha sido amante do marido dela. A Vó aceitou a proposta de parcelamento. Ela nem queria abrir o processo, coitada. Se sentia mal, achava que estava sendo ingrata, uma judiação.

Avisei para o Mínimo que, encerrado o caso jurídico, o nosso também se encerrava. Ele ia botar a mão na tal porcentagem que seria descontada da indenização, não precisava mais botar a mão em mim. Esclareci que havia colaborado apenas pra investir um pouco de energia no processo criativo dele. O pateta me chamou de fria. Perguntei se ele ia abrir mão da grana.

— Olha, não dá. Veja bem, preciso pagar os funcionários do escritório e não tenho como apontar a falta do valor pro meu sócio.

— Então, foda-se, meu amigo.

Prometi pra mim mesma que nunca mais trepava com advogado, nem comia pão com Leite Moça.

Continuei trabalhando e a Vó guardava as parcelas do acordo judicial. Fizemos uma baita correria e ela acabou conseguindo se aposentar.

Quando recebeu o primeiro pagamento, chorou um oceano. Com as economias, conseguimos financiar uma casinha nos confins da periferia. Durante a mudança, mexendo numas coisas, achei minha cadernetinha de fazer "x" para cada caquinho marcado. Não consegui marcar todos, mas contei os "x" que eu tinha. Mil setecentos e oitenta e quatro. Mil setecentos e oitenta e quatro caquinhos com "m" de Madalena no quintal dos Azevedo. Bem menos que as marcas que ela contraiu servindo aquela gente. Eu estava enganada. Achei que ela ia morrer numa pior, murcha feito roseira abandonada. Mas ela está aproveitando, e muito, a vida nova. Arranjou umas colegas na vizinhança, adotou um cachorro e uma gatinha, e quando eu chego está sempre me esperando, assistindo à TV. Enquanto janto, ela me conta o que aconteceu nas sete novelas que acompanha e alguma novidade que rolou na rua. Nossa casa tem um pequeno jardim onde ela cultiva umas plantinhas, umas flores. As rosas amarelas são as mais lindas. A Vó também anda linda, anda sorrindo. E vê-la sorrir alivia tudo. Tudo mesmo.

Quebrei a promessa e saí com o Dante de novo. Ele me procurou, reclamando saudades, e eu disse que poderia rever o caso, mas com uma condição: que ele me entregasse os jabutis. E não é que ele sequestrou os bichinhos e os trouxe numa caixa com laço e tudo? A Vó achou esquisito, mas eu disse que fazia parte do acordo de indenização. Acho que a Jecaline nem sentiu falta deles. Batizei-os Gonzaguinha e Elis. Adoro Gonzaguinha. Elis, então... amo!

"Toda promessa tem prazo de validade."

(Do manual prático de sobrevivência para crianças que lidam com cafajestes.)

A rainha

Vejo agora este teu lindo olhar,
olhar que eu sonhei,
que sonhei conquistar,
e que um dia afinal conquistei, enfim.

Zé Keti e Elton Medeiros,
"Mascarada", na voz de Zé Keti

Os braços dos camaradas reluziam, tatuados com os nomes dos seus bacuris. Ele cismava. Gostava de criança, queria um herdeiro. Um barato, o neném do Neco. Cabelinho cortado com topete e ajeitado no gel, bermuda jeans, chupeta pendurada no pescoço. O moleque era firmeza. Tinha só um aninho e já cumprimentava feito gente grande. A bonequinha do Fino também era uma graça. Clarinha. O pessoal botava pilha no Fino. Diziam que logo mais o Mateuzinho do Neco ia dar uns pega na Clarinha. O Fino ficava doido, espumando ciúme pelas orelhas, gritando que filha dele ninguém ia catar. Os malucos se divertiam. O Fino manjava a cria dos outros, mas não queria que mexessem com a dele.

Du descolou uma loirinha e se ajeitou. Arranjar mulher zero bala era tarefa praticamente impossível. Mesmo as novinhas, todas iniciadas. Com dois meses, desencapou. Tomara a minazinha não fosse bichada. Ele tinha assistido à palestra na escola. A enfermeira mostrara as figuras, os cacetes babando pus, enfeitados de ferida.

Esperou o sinal e nada. Cinco, seis meses. Nenhuma novidade. Ficou de saco cheio. A mina devia ter defeito, não pegava barriga. Mandou procurar a turma dela. Tinha que começar tudo de novo. Escolher outra fábrica para o herdeiro. Olho aberto. Se pintasse uma mais ou menos, escalava. Enquanto escolhia, ia angariando fundos para o enxoval. Queria sua criança bem-nascida.

Cachanga decente, carango pra trazer da maternidade. Tinha cargo de confiança na boca. Bom funcionário, logo chegou a gerente. Trampava direito. No começo da carreira esbanjava a rodo, mas estava à pampa. Hora de aquietar. Começou a triagem, mas vinha uma, ia outra, o plano não dava liga. Ressabiou. O negócio era se virar com os serviços das primas, enquanto não engrenava. Paciência.

Até que, mais de um ano decorrido, enquanto ganhava o movimento no muro do predinho, botou o olho na ex passando do outro lado da rua, de mão dada com o novo namorado. Era ela, sim. Inchada, se arrastando, carregando barriga. Mas... não era estragada aquela porra? Não tinha defeito? Vai ver o estragado era ele. Borrou a calça. Como é que se resolvia aquela bucha? Médico, pastor, mãe de santo? Como chegar num malandro e pedir opinião, expor pra geral sua fragilidade? Bananeira que não dava cacho, pô! Não tinha com quem se aconselhar. Se pelo menos o pai não tivesse infartado em plena feira de domingo... Quarenta anos trabalhando na barraca de fruta e morreu em cima dela. E se o irmão mais velho não tivesse tomado uns pipocos e subido mais cedo. O mano era o braço direito da chefia e, quando ele se foi, Barão decidiu lhe dar guarida, por consideração ao funcionário passado, que idolatrava o caçula. Dizia que o moleque era bom nas contas e tinha futuro. Por isso o alto cargo com pouco tempo de casa. A rapaziada tinha que respeitar. Em memória do mano, como uma espécie de indenização, era pupilo do general da banda. E se falasse com a mãe e pedisse oração? A coroa não saía da igreja. Círculo disso, campanha daquilo. Perdido. Cada vez que um parceiro anunciava que ia ter pivete, mais chateado ficava. A criançada tomando conta da rua e ele sem colaborar. Talvez fosse só uma questão de tempo, refletiu. O jeito era desencanar. Se precisasse, no duro, procurava um doutor.

Foi nesse tempo que pintou Juliana. Passava em frente à boca na volta do trabalho. Uniforme azul, cabelo bem preso, batom discreto. Devia ter uns vinte anos, pouco menos que ele. Juliana tinha um jeito sério, não dava confiança. Andava de cabeça erguida rua afora, nem olhava para os lados. Um dia, do alto, ele cumprimentou:

— Boa tarde!

— Boa!

A avó de Juliana dizia: bom-dia e boa-tarde não ocupam lugar nem custam nada. Virou um hábito aquele cumprimento. Fim de semana, quando Juliana não passava, ele sentia falta. Mas houve um sábado em que ela passou. Não usava uniforme. Vestido estampado, cabelo solto no ombro. Não deu pra cortejar, ela estava do outro lado da calçada. O olho comprido a seguiu. Neco ganhou a lança.

— Aê, Du! A fim da professorinha.

Ele sorriu, encabulado.

— Que nada. Só quero saber qualequié. Professorinha?

— Sim. Trampa na escola dos moleques. Hoje tem festinha do Dia das Mães.

Na verdade, Juliana fazia um estágio e era de Minas. Tinha se mudado para São Paulo pra estudar. Morava com a avó num bairro próximo.

Na tarde de segunda, na hora da saída, Juliana deu de cara com ele, esperando no portão. Ressabiou, mas aceitou a companhia. Foram conversando até o ponto de ônibus. Ela achou que ele falava de um jeito engraçado. Ele também estranhou o mineirês. Os papos viraram rotina e veio o convite para uma volta. Ele nunca tinha ido ao cinema. A mineirinha não apreciava balada, muito menos baile funk. No escuro, filme rolando, ele esperou uma deixa. Não aconteceu. Assistiram de cabo a rabo, sorvete, casa. Preocupou-se. Estaria ficando frouxo? Não estava sabendo chegar junto. Será que ia ter que se preparar? Não usava nenhum barato pesado. Aprendera assim que entrou no negócio que, se andasse sóbrio, administrava as operações com mais eficiência. Mas Juliana era o cúmulo da limpeza. Nem cerveja, nem cigarro. Nem um baseadinho ou uma batida de fruta na quermesse. A coisa mais pesada que Juliana apreciava era chocolate. E não facilitava, não dava uma entrada. Era quieta e até um pouco infantil. Pela primeira vez, desde que havia se iniciado nos jogos do campo físico, ele não sabia o que fazer. O primeiro beijo levou umas seis, sete saídas. A rapaziada dizia que a caipirinha estava virando sua cuca. Ele desconversava. Só queria um prato diferente, comendo pelas beiradas. Que nada. Sonhava com os beijos de Juliana. Uma boca pequena, que cortava feito cica. Cabelo macio, perfume na nuca. Não parava de pensar em cada flor do seu vestido.

Numa noite, saíram pra tomar um suco. Caminharam um pouco, sentaram num banco de praça. Ela estava ainda mais linda. Meio sem jeito, ele sugeriu um pulo na goma. A mãe tinha viajado com a igreja, área limpa. Ela balançou e acabou topando. Sofá, rádio ligado baixinho, meia-luz. Nunca tinha sido assim para ele, sempre objetivo. Mas, com Juliana, tudo era diverso. E enquanto procurava o caminho, percebeu que, incrivelmente, era o primeiro. Deu um tempo. Acendeu um cigarro. Olhou para ela enrolada no lençol e perguntou se era aquilo mesmo. Aquilo que ele estava pensando. Era. Juliana nunca. Nunca. Ele ficou preocupado.

— Você tá a fim mesmo?

Juliana respondeu com os olhos.

Ele foi suave. Ela era rara. Sem caras e bocas, sem sons, um segredo perturbador. E quando ele despertou horas mais tarde, numa brisa amena, e a viu adormecida em seu peito, se sentiu eternamente responsável.

A rapaziada zoava a panaquice em que ele andava, com sua mineirinha.

— Olha o Du! Tá namorando!

Ele tentava disfarçar, metia uma cara invocada, mas acabava sorrindo. Estava mesmo parado na princesa. Mas sempre que ela perguntava o que é que ele fazia pra ganhar a vida, não obtinha resposta. Do que é que vivia? Como se sustentava? Ele disfarçava. Vendas. Comissão. Trabalho autônomo. Pequenos serviços prestados.

— Du, minha avó quer te conhecer.

— Aham.

Adiava como podia. Estava gamado, mas sabia que não era o sonho de nenhuma avó. Juliana era inocente e distraída, mas a velha certamente insistiria nas perguntas. Receou desagradá-la. Sua coroa adorava Juliana. Dizia que era boa menina e o aconselhava a tomar cuidado. Ele sabia. Se divertia com o jeitinho manso de sua professorinha, que sabia fazer pudim e o melhor espaguete do mundo. Lavava a louça, organizava a cozinha, enquanto a mãe dele orava na igreja. Gostava de tudo arrumadinho. Ele achava lindo vê-la concentrada. Adorava quando ela bronqueava porque ele era bagunceiro. Se estava brava, caprichava no sotaque. Desenvolveram uma rotina. Ela assistia à novela e depois estudava as apostilas do curso, enquanto ele fazia seus cálculos intermináveis. Tarde da noite, ele chamava um táxi para entregá-la em segurança, mas andava em desassossego. Não queria mais devolver Juliana, queria que ela fosse a rainha do seu castelo. Só que não dava para abrir seu tipo de negócio, ainda. Tinha que refletir e ver como proceder.

Mas um dia, danado da vida com um camarada que deu uma mancada, um rombo na banca difícil de explicar para o Barão, ele não disfarçou o nervosismo. Matutava solução. Andava de um lado pro outro, feito bicho enjaulado. Gritava com o parceiro ao telefone, o outro tinha que dar conta do metal. E quando ela perguntou o que estava acontecendo, ele explodiu:

— Você é burra, Juliana? Idiota? Ou se faz? Não deu pra sacar como é que eu levo a vida, não? Dá uma de sonsa, mas deve saber muito bem de onde sai seu sorvete, seu chocolate. Cineminha. Táxi. Deve manjar qual é a minha. E se não botava fé, vai crer agora. Se é minha mulher, tem que se ligar e aprender a calar a boca quando o bicho pega.

Abriu uma gaveta, sacou o cano, botou sobre a mesa. Continuou andando em círculos, quase esburacando o chão, avaliando como resolver o pepino. Juliana ficou cega com as fagulhas que saíram dos olhos dele. Ela não sabia. Estranhamente, não sabia.

Juliana sumiu. Um dia, dois. Nada. Não atendia ao telefone, não aparecia no trabalho. Ele lamentava, arrependido. E agora? Explicar o quê? Aguardou em cima do muro. Nada. Esperou na porta da escolinha. Nem sinal. Pediu o endereço dela na secretaria. A atendente negou, disse que essa era uma informação confidencial. Se Juliana quisesse que ele fosse à casa dela, teria dado o endereço. "Ela tentou, dona. Quis me levar pra conhecer a avó", ele teve vontade de se explicar, pedir socorro. Sabia que ela morava num bairro bem próximo. Juliana dizia que, com o ônibus da avenida, seguia até o ponto final e dali caminhava até em casa. Quando ele passou a mandá-la de táxi, como convinha a uma rainha, pedia o serviço por telefone. Não ligava para um ponto fixo, nem podia entrevistar um taxista. Decidiu se plantar no final da linha de ônibus. Hora ou outra, ela teria que aparecer. Que nada. Evaporou. Virou fumaça. Orgulho bateu. Deixa ela. Se não quer, não quer, que se dane. Foi levando. Caiu na balada. Uma, duas. Três vezes. Tentou umas novidades. Não dava, não descia. Ia acabar com fama de baitola. Parou. Três meses. Inferno. Voltou ao ponto final do ônibus. Deu um giro no bairro, perguntou. Nada. Nada de Juliana. Nada.

Foi baqueando, minando. Não tinha ânimo. Até que Neco interferiu. Quis saber o que estava pegando. Ele desabafou. Neco balançou a cabeça.

— Du, tu é um quadúpredi, tá ligado?

— Eu? Que é que eu sou?

— Um cretino. De carteira assinada.

— Tá tirando, velho?

— Só tirando, meu parceiro. Tu é bom nas contas, mas não tem raciocínio. Tivesse mandado a real de uma vez. O jeito é invadir a secretaria da escolinha, gente boa. E caçar o endereço dela no arquivo. Tu molha a mão do vigia e finaliza. Eu, hein... Mas não zoa nada não, meu camarada. Tu tá ligado que é a escola das crianças, e se a Jéssica souber que eu baguncei o coreto me corta o saco.

No sábado de manhã, ganharam a escolinha. Cem pilas pro guardador e ficaram sossegados. Não levaram nem dez minutos. Registro dos professores, Juliana Moreira, rua tal, número tal. O Neco era um gênio.

Na mesma hora, se mandou. Foi de moto com um parça. Chegaram ao endereço. O mano ficou de canto. Casa fechada. Bateu palmas. Silêncio. Mas sempre tem uma mexeriqueira.

— Procura d. Joana?

— É...

— Viajou, acompanhando a neta, que voltou pra Minas. Pediu pra vizinhança dar uma olhada na casa. Ajudo o moço em alguma coisa?

— Não, senhora. Já vou indo.

Vontade de esganar a velha intrometida. E se ele estivesse a fim de assaltar a casa? A linguaruda entregava tudo de bandeja. Minas. Juliana em Minas.

— Recado não adianta deixar mesmo. Não volta tão cedo. Levou o cachorro e a máquina de costura. Só deve retornar depois que nascer o bebê da menina Juliana. Se é que volta.

Ele sentiu o peito apertado. Parou um segundo, escorou no muro, suor escorreu pela testa.

A rainha voou. Não queria rei bandido em sua vida, nem na do príncipe que estava a caminho.

Coisa de guarda-chuva

Garoto de pobre
só pode estudar
em escola de samba
ou ficar pelas ruas
jogado ao léu,
implorando a bondade dos homens,
aguardando a justiça do céu.

Geraldo Filme, "Garoto de pobre"

Leleco desceu a ladeirinha deslizando. A chuva miúda transformou a terra numa espécie de creme, parecido com o mingau que serviam na escola de vez em quando. As solas dos tênis ficaram lambuzadas. Chuvica atrevida. Como quem não queria nada, ia ensopando tudo. Ele meteu por baixo da camiseta o único caderno que carregava. O lápis mordiscado na ponta viajava no bolso da bermuda, junto com o pedaço de borracha.

Alcançou o toldo da vendinha e estacionou pra se ajeitar. Sem meias, os pés molhados congelaram. A friagem escalou as pernas e se instalou na espinha. Porqueira de dia chorão. Já estava de partida quando avistou Pinguinho, que vinha abrigado debaixo de um guarda-chuva grande e colorido. Dentro do agasalho, Pinguinho era como um bolo crescendo no forno. Estufado, quase gordo, equipado com botas, touca, um cachecol magrelo esgarçado e a mochila de borracha protegendo cadernos e livros. Leleco caçoou:

— Guarda-chuva de mulherzinha, é?

— Minha mãe me obrigou a trazer.

— Você nem parece homem, todo embrulhadinho.

Pinguinho suspirou, encabulado. Caminharam quietos.

A chuva menina foi avolumando, tomando corpo de moça. Leleco tiritava. Pinguinho ofereceu com humildade:

— Vem debaixo!

Leleco aceitou o convite com indiferença. E, apesar da cara enfezada, intimamente fez de conta que era o dono do guarda-chuvão. Imaginou-se no lugar do amigo, agasalhado, bem protegido. A mãe ajeitando o capuz e entregando o lanche. Um beijo na testa na hora da despedida e a promessa de salsicha com batata para a janta. Por último, a recomendação para que ele prestasse atenção na aula e se comportasse feito gente. Mas a mãe de Leleco andava muito ocupada, fugindo de gigantes que, ela dizia, a perseguiam o tempo todo. Leleco conhecia o esconderijo onde ela se refugiava com outros companheiros. De vez em quando ele embarcava no ônibus bairro-centro e, quando avistava a catedral, abria muito os olhos cor chá-mate e começava a investigação. Descia no ponto da praça e perambulava. Nem sempre a encontrava. Mas quando conseguia vê-la, ainda que de longe, sentia o coração veloz como se escorregasse por um barranco montado num papelão. Uma amargura bondosa o visitava, sem jeito de entristecê-lo muito. A mãezinha, às vezes, passava por ele e não o reconhecia. Em algumas ocasiões, ele a encontrava dormindo numa esquina e tinha vontade de fazer carinho em seu cabelo, deitar ao seu lado, se aconchegar em seu peito. Um dia, ela voltaria para casa. Deixaria para trás o medo dos inimigos e não precisaria mais se munir das armas que a entorpeciam para se sentir segura. Tomara acontecesse depressa. Em tempo ainda de encontrá-lo menino.

Antes de chegarem à escola, a chuva emagreceu e Pinguinho fechou a barraca. Descansou o braço já adormecido de andar estirado para contemplar a altura do amigo. Leleco apertou o passo e Pinguinho o seguiu, obstinado.

— Leleco!

— Quié?

— Eu trouxe dois pães de açúcar com manteiga. Um é pra você.

Leleco sentiu-se mal por sua rudeza. Olhou Pinguinho do alto de seu bom tamanho de menino esguio e lhe aplicou um tabefe na cabeça.

— Vamos treinar chute a gol depois da aula?

Pinguinho iluminou-se.

— Comigo agarrando?

— Claro, né, Pingo! Você anda um baita frangueiro ultimamente.

Dia de Graça

Quem tem carretel não perde a linha,
no samba é preciso improvisar.

Toninho Nascimento e Everaldo
Cruz, "Samba no quintal", na
voz de Beth Carvalho

Ganhaúma espantou uma galinha de perto da porta. Porcariada danada. Bicho insolente, tapado. Estendeu a toalha de banho puída no varalzinho. Banho de asseio, que chuveiro de verdade na vila não tinha. Cheiro bom de café na vizinhança. Alcançou o tanque, examinou a fachada no caco de espelho pendurado na parede limosa. Barbudo, meneou a cabeça, aborrecido. Chateava-lhe a ideia de andar mal-ajambrado.

Ultimamente, nem o da navalha pingava. Enquanto era viva, a mãezinha nunca permitira que ele se apresentasse surrado. Lavadeira das melhores, esfregava com primor suas camisas, as brancas quaravam, eram enxaguadas no anil e tão bem engomadas que podiam mesmo parar em pé. Não havia mês em que não lhe fornecesse dinheiro para a visita ao barbeiro e lhe sustentava bem o vício nos cigarros, adquirido ainda na adolescência, junto do amor pela jogatina. A senhora o tratava a pão de ló, amava-o exageradamente. Abandonada pelo falso amor que a iludira e desprezada pela família, depositara no menino toda a sua energia. Em criança, era tratado como um principezinho. Jovem, como um rei. Nenhum trabalho estava à altura de seu filho. Parecia-lhe sempre que desejavam explorá-lo.

Preparava refeições frescas e nutritivas para ele. Esperava-o para o almoço e para o jantar, embora muitas vezes ele varasse a noite pelos botequins ou adormecesse nos braços de alguma dama, chegando a desaparecer por dias. Então, a pobre velha, que não conseguia conciliar o sono até que ele regressasse, cochilava sentada na cadeira de cordão, assustando-se com todo barulho noturno e suplicando a Deus que guardasse seu precioso menino dos perigos do mundo. Ele contava com a proteção de um patuá benzido por uma rezadeira. Adoecera de um sarampão agressivo aos cinco anos de idade e por pouco não perdeu a visão. A mulher receitou sete sessões de reza forte, chá de sabugueiro e banhos de picão. Para os olhos, água de pétala de rosa branca serenada. Encomendou também um pingente de figa, cruz e trevo, pendurados num alfinete dourado de cabeça. Benzeu o talismã e orientou uso contínuo. A mãe fez tudo bem direito e jamais permitiu que o filho saísse de casa sem o objeto protetor. Homem-feito, utilizava-o pregado à camisa. Até que, numa ocasião, andou sumido por uns tempos e voltou para casa sem o amuleto. A mãe entristeceu-se e o repreendeu. Adorava em demasia o filho, que, do seu jeito torto, também a amava e jamais tinha levado um namoro a sério, nem nunca pensara em se casar ou constituir família, pois não cogitava a possibilidade de deixá-la.

A boa mãe trabalhou até o dia de sua morte, quando, de um mal súbito, caiu enquanto estendia roupas no quintal. Deixou o quarentão desamparado, à mercê da própria sorte. Sem ofício, nenhuma perspectiva. Ganhando vez por outra algum no jogo, vivendo de filar aqui e ali. Manteve-se morando no quartinho graças à consideração que o senhorio tinha pela inquilina correta de tantos anos. O homem temia que ela não tivesse paz na eternidade se, de lá, pudesse saber que o filho boa-vida dormia ao relento. Ainda assim, o homem pressionava-o para que arranjasse uma colocação e cumprisse com suas obrigações.

Ganhaúma trancou a porta do quartinho e desmanchou a trança feita nos fios da cortina espanta-mosquito. Cortina de cabelos soltos, sinal de que tão cedo não voltava. Poupava encontrar o senhorio rondando. O velho conhecia o código.

Pela rua, o estômago chiava. Mãos nos bolsos, passo curto de quem não sabe ainda pra onde vai. Matutava. Um pulo no Miúdo, de repente. Visita cordial para a mãezinha doente do mano e, quem sabe, esticar até a hora do almoço. Qualquer angu salvava o dia.

Quebrou a esquina da Sete Quedas e esbarrou com uma pequena que vinha fumando um cigarro fino. Aspirou a fumaça que ela deixou para trás. Virou o pescoço tentando aproveitar mais um tanto. Por uma bamba, notou que a mocinha se livrou do careta ainda pela metade. Olhou de um lado e do outro. Tinha seu orgulho. Rua deserta. Voltou uns passos e apanhou o consolo, o filtro manchado de batom, com gosto de cereja. Só um milagre pra salvar o dia. Ouvira a mãe falar sempre em milagres, mas, de perto, nunca vira.

A caminho do Miúdo, ganhou o movimento no começo da Embaré. Um corre-corre de moleque descalço. Férias escolares, julho. Logo completaria mais um inverno. Na esquina, um bote triste e vazio. Quisera ter um trocado pra uma beiçada. FIADO, SÓ AMANHÃ, o cartaz era claro. Cruzou um camarada dos bons tempos, pensou em solicitar um socorro, mas o orgulho não permitiu. Chegou à toca do maninho e notou tudo fechado. Bateu palma. Um cachorro manquitola se aproximou da cerca e latiu rouco, só pra cumprir obrigação. A vizinha alertou que não havia ninguém em casa.

— D. Santinha foi ao médico. O carro da prefeitura veio buscar. — Burros n'água. A vizinha enxergou decepção nos olhos dele.

— Veio de longe, moço? Quer uma água? Um café?

Ficou sem jeito. Olhou melhor para a dona. Não recordava tê-la visto antes. Vizinho do Miúdo era Tião funileiro.

— Seu Tião voltou pra Belém. Alugou a casa pra mim.

Pintadinha de amarelo, de fato, não se parecia com a casa do Tião. Tinha placa de faço-pé-e-mão pendurada na mureta.

— O moço vai aceitar o café? Terminei de passar inda agorinha, querendo, se achegue.

Ir entrando assim, sem conhecer o território, não é coisa de malandro velho. É botar a mão em cumbuca. Vizinha entendeu tudo.

— Tenha medo não, meu senhor. Sou viúva, não tenho filhos, nem medo da língua do povo. Ofereço gentileza a quem me der na veneta. E, de mais a mais, d. Santinha me recebeu na vizinhança com grande consideração, e um amigo dela não há de ser destratado por mim. Mantenho a porta aberta, qualquer coisa, grito!

Casa de cômodo. Cozinha ajeitada como fazia muito não via. Vaso de flor e toalha de renda. Ela pegou o bule e um copo do guarda-louça. Serviu o café e apanhou a lata de bolachas. Ganhaúma salivou, mas disfarçou a empolgação. Delatar que era esfomeado não podia.

— O senhor querendo, pode aguardar por aqui. Miúdo acompanhou d. Santinha. Pela hora do almoço deve estar de volta.

Café dos bons, forte e doce na medida. Três bolachas pra não fazer feio. Repousou o olho no Plaza em cima da geladeira. Sensível, a dona da casa pôs o maço à disposição.

— O senhor fuma?

— Esqueci meus cigarros no bolso do casaco.

— Entendo. Pois se sirva de um. Não faço caso e lhe acompanho. E se vamos compartilhar um bom momento, é mesmo bom que nos apresentemos: Graça.

— Almir. Almir Ferreira.

Graça tomou um banquinho e ofereceu a cadeira do quintalzinho à visita, mas Ganhaúma preferiu acocorar-se junto ao muro, de onde via a rua. Fumaram em silêncio e pelos últimos tragos engataram conversa.

— Não faço unha às segundas.

— Nem eu realizo entregas.

— O que é que o senhor entrega?

— O que me encomendarem.

Souberam coisas um do outro. Ele mostrou a foto da mãe na carteira. Ela buscou o retrato do falecido.

48

Pelas onze horas, ela mexeu as panelas.

— Gosta de sardinha frita no fubá?

— Se gosto!

— Pois vou tacar uma dúzia delas no azeite. Estão no tempero desde ontem. Num instante boto o arroz no bafo, e o feijão de coentro, refoguei pela manhã.

Ouviram barulho na rua. Decerto o carro trazendo d. Santinha. Fizeram que não escutaram.

Debaixo da pia, enfeitada com cortina de chitinha estampada, repousava a garrafa camarada.

— Senhor se agrada de um aperitivo estimulante de apetite?

— Não faço cerimônia, embora não careça. O perfume de sua boa comida já é o suficiente.

— Sirva duas doses.

— À sua vontade, d. Graça.

— Amigos me chamam Gracinha.

— Se me tomar por amigo, chegados me chamam Ganhaúma.

— Tomo, sim. Sirva duas doses, Ganhaúma.

Viraram de vez a cachacinha amarela. No rádio, um samba de breque. À mesa, toalha alvejada, panela de arroz fumegando, o feijão vermelhinho. Deitadas na travessa, as sardinhas douradas se exibiam como moças expostas na areia da praia. Jilós e quiabos afogados num molho encorpado de tomate e cebola, fatias de pão dispostas para o deleite. Ganhaúma ficou zonzo. O estômago, havia muito sem trabalho, manifestou-se temeroso de não ser contemplado.

— Vai pimenta?

— Opa! E bem!

O homem deixou de vez os não me toques e devorou o banquete. Das sardinhas crocantes, mastigou cabeça, lombo e rabo. A travessa ficou deserta.

— Que tal a boia?

— Minha mãezinha há de me perdoar lá no céu. A melhor que já experimentei.

— Palitos?

— Se não se importa.

— Um dedinho de doce de leite que eu mesma preparei?

— Ave-Maria!

— Um golico de café pra trancar com ouro?

— Estou sem jeito...

— Não fique, apanhe outro cigarro.

Entre assuntos que surgiam, trocaram confidências:

— Nunca tive vontade de me casar, nem de ter filhos. Mas hoje em dia reconheço a falta que faz uma família.

— Não fui mãe porque não pude. Sonhava em ter uma menina, que tinha até nome planejado: ia se chamar Vera Eunice, em homenagem a um livro que li.

— Perdi muito dinheiro no jogo e ando numa pior, sem ocupação que me favoreça.

— Uma partida de dominó, camarada? Topa?

— Não dispenso desafio.

Quando se deram conta do avançado da hora, chegava a noite menina.

— Preciso ir, Gracinha!

— Terminemos a partida. Ainda pensa em visitar d. Santinha?

— Oh, não! A pobre já deve estar recolhida.

Ganhaúma despediu-se ressabiado, após a última rodada ter sido vencida pela anfitriã.

— Olhe, já vou mesmo. Agradeço a acolhida e o dia muito proveitoso.

— Espero que volte, amigo!

— Não vejo a hora!

Rua afora, Ganhaúma caminhou pensativo, avaliando a surpresa que o visitara naquela segunda, a princípio desfavorecida. Então, milagre era aquilo: uma graça que acontece suavemente. Gracejo. Gracinha.

Resumo de Amaro

Te procurei
entre as estrelas do sem-fim,
na maravilha sideral.
Seja meu bem, seja meu mal.

Sonho reluz,
só mais um pouco eu quero ter
todo esse encanto pra mim.
Sonho bonito não tem fim!

Éfson, "Brilha pra mim", na
voz de Jorge Aragão

— Tive uns problemas quando era mais nova.

Choro brotou. Ele me olhou de um jeito infantil.

— Engravidei aos treze anos e a tia com quem eu morava me levou numa fazedora de anjos. O pai da criança era meu primo e ela ficou louca da vida. A velha desgraçada fez o serviço, mas com o passar dos dias eu comecei a ter febre alta e hemorragia. Fui parar no hospital da cidade, socorrida por um vizinho. O doutor entendeu de cara o que tinha acontecido e, quando me examinou, encontrou um pedaço de trapo podre dentro de mim e uma infecção avançada. Não morri por muito pouco. O médico chamou a polícia. Eu não abri o bico, não disse palavra. Ficou o dito pelo não dito, mas a tia não me quis mais na casa dela e eu acabei vindo pra cidade com uma prima, arranjada pra servir numa casa de família. Não tinha outro jeito, sabe? Mãe caiu no mundo quando eu tinha uns três anos, pai me entregou pra tia criar e formou outra família. Tenho até essa irmã, com quem às vezes me comunico. Ela se casou há pouco tempo e já tem os dois menininhos. Mas eu... perdi o útero por causa do aborto. Nunca vou poder ter filho.

Barulho de silêncio.

Senti que o Amaro ficou triste mais por me ver chorando e por saber de como tudo tinha acontecido do que por descobrir que eu não poderia realizar seu desejo de ser pai. E eu, depois do desabafo, me descobri ainda mais desabitada. Sempre me senti assim e acho que por isso tinha passado tanto tempo sozinha. Pensava que nenhum homem merecia um pedaço de mulher como eu e vivia fugindo de relacionamentos sérios. Tinha vergonha, medo mesmo de que alguém descobrisse que faltava um pedaço de mim. Mas com o Amaro foi diferente. Eu não queria ter segredos com ele. Juntos havia quase um ano, ele não notou que eu não tinha regras mensais como as outras mulheres. Coitado. Foi criado pelo pai, não teve irmãs, nunca conviveu com mulher. Natural que não reparasse nisso. Comecei a sentir como se fosse feita de vidro. Como se ele pudesse me enxergar por dentro e ver o quanto eu era defeituosa. O espelho me causava repulsa e o pequeno progresso que eu havia conseguido se afogou. Abandonei o gosto pelo batom e pela sombra. Era como enfeitar algo que não valia a pena, então deixei de ajeitar o cabelo também. De manhã, prendia de qualquer jeito e pronto. O vermelho deu lugar ao cinza. Sumiu das minhas unhas e do chão do quartinho, que foi ficando opaco, assim como as panelas. E como eu. Perdi o apetite, passei a viver de café e cigarro.

Amaro, do seu jeito, tentava ajudar. Eu já não tinha vontade de cozinhar e ele se virava como podia. Tentava me animar, mas eu não reagia. Eu tinha certeza de que ele iria embora a qualquer momento, assim que arranjasse um jeito de não me magoar tanto. Eu sentia que ele era grato, mas não queria que ele ficasse comigo por pena. Pensava mesmo que ele merecia uma mulher que pudesse lhe dar filhos, alguém mais jovem e sadia, e passei a minar nosso caso tentando encurtar o caminho pra ele. Fui tirando tudo o que havia oferecido de bom grado. A atenção, o carinho. Fui ficando cada vez mais descuidada. Queria mesmo convencer de que investir em nós era um erro, e comecei a esperar que ele tomasse a decisão de partir. E isso não demorou muito. Um dia, ele chegou mais cedo da oficina, se sentou ao meu lado na cama e disse que precisava viajar. O avô falecera na cidadezinha do interior do Nordeste e ele e o pai tinham que voltar e finalmente encarar o passado.

Coisas a resolver. Ouvi calada, não me manifestei. Ele iria embora, afinal.

No dia seguinte, acomodou uma muda de roupa numa bolsa e se despediu ressabiado, pedindo que eu me cuidasse. Disse que voltaria logo e que esperava me ver melhor. E quando fechou a porta, deixou pra trás um arremedo de gente. Porra! Doeu muito. Mão no ventre apertei com força. Senti que alguma coisa queria escapar, fugir de dentro de mim.

Precisava deitar. Passei pelo espelho, dei uma olhada. Era a velha parteira quem estava na imagem refletida. Era a maldita. E gritava: "Vai ser rápido!".

— Filha da puta! Veio arrancar o Amaro de dentro de mim, abortar meu amor.

Corri pra cama. Acho que sangrei, senti quentura. Mas não obedeci. Lutei.

— Velha maldita! Daqui pra fora! Não tenho mais treze anos. Tia já não me manda!

Trancei as pernas.

— O amor é meu, posso com ele, defendo! Quero que cresça, que seja forte, que sobreviva! Mesmo que Amaro esteja longe. Mesmo que nunca volte. Meu amor fica comigo ou morro com ele. Fora daqui com seu trapo imundo!

Ou era eu o trapo? A imunda? Não tinha um só dia na minha vida em que eu não me lembrasse daquela desgraçada me mandando deitar na cama e abrir as pernas. Eu tava morta de medo. Anos depois, ainda me lembrava perfeitamente da dor pavorosa que parecia um muro desmoronando. E quando penso que um dia, por alguns momentos, uma criança se formou dentro de mim, sinto uma saudade esquisita. Saudade do filho que nem conheci.

Nem sei por quanto tempo fiquei deitada. Não comi, nem bebi. Mas embora quisesse definhar até a morte, acabei me levantando, expulsa da cama pelas dores no corpo. Cheguei até a janela e dei com d. Zezé arrastando o netinho pelo morro, só que já não chovia, ao contrário, fazia um calor do cão, mas o garoto usava o mesmo agasalho de sempre. D. Zezé também calçava os mesmos chinelos, levava o cachimbo no canto da boca e até o guarda-chuva preto remendado estava aberto, só que dessa vez bloqueando o sol. A vida seguia, e já que eu não tinha morrido à míngua na porcaria do meu barraco, tinha que me levantar. Fiquei imaginando que se isso tivesse acontecido naqueles dias de calor, meu corpo ia exalar logo o cheiro da podridão humana e a vizinhança ia chamar a polícia. A notícia ia passar na TV. Quem sabe se Amaro, naquele fim de mundo, ia ficar sabendo do ocorrido e deduzir que eu tinha desistido de viver por falta dele.

Nalva bateu à minha porta pra cobrar a grana das bugigangas, e o seu Aparício também passou pra pegar o dinheiro da prestação da colcha azul. Decidi tocar a bola. Tinha perdido uns dias de serviço e as patroas notaram que eu tinha emagrecido, andado adoentada. A professora até me recomendou que procurasse um médico e fizesse uns exames. Mas eu não tinha apetite mesmo e por isso perdia peso a olhos vistos. Tudo me fazia pensar nele. Umas peças de roupa que ficaram na gaveta, inclusive as fotos de que ele tanto gostava e que provavelmente tinha esquecido de colocar na bolsa, o vidro de pimenta curtida que ele não dispensava na hora do jantar, a barulheira das crianças. Um dia, apanhei uma caixa de fósforos no armário e todos os palitos estavam riscados — ele costumava colocar os palitos usados de volta na caixa. Como sofri naquele dia. Nosso amor se consumiu como cada um daqueles palitos inúteis. Pensei que, provavelmente, em sua cidadezinha, ele logo se arranjaria com alguma moça, uma prima de terceiro grau ou coisa assim. Uma mulher forte e saudável que lhe daria filhos, uns três ou quatro. Desejava que ele fosse feliz. Quanto a mim, decidi ficar sozinha e levar a vida até quando Deus quisesse. Embrulhei o espelho grande e guardei atrás do armário. Tirei o antigo caco da gaveta e pendurei no lugar.

A favela andava em festa e eu naquela fossa de viúva nova. A criançada espalhou bandeirolas por todo lado. Pintaram os muros e o escadão de verde e amarelo desejando sorte para a Seleção. Torciam pelo penta, faziam um barulho danado. A alegria deles me consolava. Num domingo à tarde, ouvi o toque estridente do orelhão comunitário do outro lado da rua. Em menos de um minuto, Chanceler bateu à porta, como sempre, com o Tupi de guarda.

— Preta, tão querendo falar contigo no orelhão, mas não sei quem é. Chiando demais.

— Bosta. Alguma patroa a fim de adiantar o dia, só pode. Valeu, Chan! Já vou lá.

— E a caixinha?

Diabo de moleque. Descolei a moeda e fui atender, contrariada.

— Alô! Fala alto, não tô entendendo. Quem é? Quem?

Sem condição.

— Chance! Se ligarem de novo, diz que não tô. Faz esse favor?

— Pagando bem, se quiser, digo que você morreu.

— Precisa tanto não, cretino. Só diz que não tô. Sempre. Não é vantagem atender as madames. Bagunçam minha agenda, me enchem o saco. Passa o recado pros seus funcionários, vê se trabalha direito. Acerto contigo no fim do mês.

— Qualquer pessoa que ligar?

— Qualquer pessoa.

Ele achou graça, fez troça.

— E se for Ronaldinho, ligando lá da França?

— Diz que quero ver o Brasil na final com vitória por três gols, dois de cabeça e um de bicicleta. E que deixei um abraço. Só não me chama pra atender.

— E se for o Silvio Santos querendo te dar um prêmio do Baú?

— Você diz que eu não tô e fica com o prêmio, porra!

— E se for o...

Então, o telefone tocou de novo. Ele correu pra não perder a chamada e gritou, tomando caminho:

— Esquenta não, Pretinha! Eu aviso a equipe. Aqui é satisfação garantida, mas dinheiro não devolvo!

Um mês se passou. Novembro, calor castigando, mas eu já não me sentava do lado de fora. Não sentia vontade de conversar com os vizinhos, nem de ouvir as crianças perguntando por ele. Numa noite, decidi ir sozinha ao ensaio da escola. Hora alta. Vestido qualquer, sandália de arrastar, cara limpa, intenção nenhuma. Encarar um porre, quem sabe? Flutuei na rua feito alma. Cigarro atrás de cigarro. Ideia de merda. Na quadra, sentia o Amaro em tudo. No apito triste de tio Herculano, no vazio do sorriso desdentado de d. Piedade levando o estandarte que voava feito braço em adeus. Solucei mais que a velha cuíca do Agenor. Sofri a amargura dos tamborins levando pancada.

— Senhora do Rosário, valei-me! — Não dava.

Voltei pra casa transpassada. Comi um pedaço de pão, me deitei, pensamento voou. Nosso samba tocou no rádio e a saudade explodiu. Doeu feito dente inflamado. Me fez chorar, molhar a colcha azul. Peguei no sono, afundada de tristeza e saudade.

De repente, acordei e ele estava em minha cama, como da primeira vez. Dormia impassível, exausto. Achei que estava louca. Levantei depressa e olhei pela janela. D. Zezé não estava lá fora puxando o netinho. Ninguém na rua. Quatro da manhã. Um baile rolava em qualquer esquina e um terremoto abalou tudo dentro de mim. Ele estava ali mesmo ou era minha amargura projetando miragem? A boca secou. Pensei em tomar um pouco d'água, mas tremia muito. Derrubei o copo. Amaro acordou assustado. Sentou na cama, olhos arregalados:

— Preta?

Era a voz dele. Alucinações podem ser tão reais? E se fosse um espírito? E se ele tivesse morrido durante a viagem? Era sua alma me assombrando? Mesmo que fosse uma aparição eu queria me jogar em seus braços. Fantasmas podem abraçar? Se ele estivesse morto, eu queria morrer também. Num segundo, fiz um milhão de planos.

— Preta? Que é que foi?

Meu corpo incendiou.

— Olha, cheguei já bem tarde, abri a porta e você não acordou. Deitei do seu lado, te fiz um carinho e você continuou dormindo. Achei que estivesse cansada por causa do trabalho. Me encolhi no canto da cama e deixei você dormir. O pai decidiu ficar mais um pouco com os parentes, coitado. Mas eu não aguentava de saudade sua, minha preta. Comprei passagem pra qualquer horário, não queria te assustar. Me perdoa?

Perdoar...

— Você tá tão magrinha. Ainda chateada com aquela história de ter criança? Vem cá, me dá um cheiro. Ô pretinha! Maldita hora em que eu fui tocar nesse assunto. Deus é quem sabe o que faz com a vida da gente. Pensei em você todos os dias. Saudade de ti, do teu perfume, da tua comida...

Meu cabelo tava uma desgrama. Camisola rasgada, as unhas carcomidas de cloro. O barraco em desordem, as panelas vazias, as latas de cerveja também. Cinzeiro lotado, coração descompassado.

— Liguei uma pá de vezes. Você nunca tava em casa. Fiquei encucado, enciumado de qualquer coisa.

"... diz que não tô. Sempre, pra qualquer pessoa..." Porra de pivete firmeza aquele Chance.

Me joguei no colo dele. Se fosse um sonho, eu queria aproveitar. Mas ele me pegou de um jeito... Era real. E me amou tanto que fiquei com vergonha de toda aquela felicidade só minha. Penso mesmo que meus pecados foram perdoados. Decidi aceitar o perdão concedido. Repousei, exausta. Resguardo tranquilo.

Dia alto, Amaro foi pra oficina. E eu tratei de arrumar nosso quartinho. Deixei tudo ajeitado e pendurei o espelho grande na parede outra vez. Corri na Nalva e marquei hora pra fazer unha e cabelo. Ele deixou um dinheirinho em cima da geladeira, como fazia sempre. Comprei cerveja, preparei um frango com quiabo, polenta e pudim. Ouvi nosso samba no último volume, dividi a alegria com os vizinhos. Pus vestido novo e sentei do lado de fora. Foi ficando tarde e ele não chegava. Desesperei. Mas quando ia começar a chorar o trinco rangeu. O cheiro de graxa tomou conta de tudo.

— Muito trabalho na oficina! Trouxe pão pra amanhã. Que cheiro bom! Você tá linda!

Não vai ser fácil, mas vou me acostumar a ser feliz.

Talismã

Ê! Maior é Deus,
pequeno sou eu!
O que eu tenho foi Deus quem me deu,
o que eu dou é o que eu tenho,
foi Deus quem me deu.

Eduardo Gudin e Paulo César Pinheiro,
"Maior é Deus", na voz de Beth Carvalho

A chuva voltou a cair com força no final da tarde. Ela desceu do ônibus, mas não pôde atravessar a avenida. A água transformava a terra que se desprendia do barranco num rio vermelho que desembocava formando uma correnteza junto à guia. O semáforo enlouqueceu no amarelo piscante e os veículos passavam em alta velocidade, rentes à calçada. Ela procurava proteger a bolsa, sobretudo o livro emprestado da biblioteca. Tentou abrir o guarda-chuva, que despirocou atacado pela ventania. O volume começou a subir e ela pensou em abrigar-se em cima do banco da parada, mas as roupas encharcadas limitavam seus movimentos. Desequilibrou-se. Caiu de joelhos. Então, os faróis de um lotação que parou por um minuto para desembarque a iluminaram. Braços a enlaçaram e a puseram de pé. O rapaz avaliou a situação, segurando-a ainda pela mão.

— Temos que dar um jeito de atravessar.

— Não dá!

Os carros voavam como espectros. Não havia mais ninguém daquele lado além dos dois, e sem aviso prévio ele a pegou no colo e saltou a enxurrada. Ela gritou assustada com o gesto surpreendente e cravou os dedos no pescoço dele. Atravessaram. Quando se sentiu seguro, ele a depositou no chão, sob o toldo de um boteco cujas portas haviam baixado.

— Você é doido, é?

— Se quiser, te levo de volta para o outro lado.

Antes que ela respondesse, ele rumou em direção à Salazares. Ela o seguiu, patinando na lama que vertia do calçamento arrebentado.

— Ei, espere, me desculpe! Eu devia agradecer!

— De nada.

Ele sumiu no pico da ladeirinha e ela continuou caminhando, quando notou alguma coisa caída dentro de uma pequena poça. Abaixou-se e recolheu o elemento brilhante. Era uma espécie de broche. Certamente, pertencia ao heroico cavalheiro que a havia resgatado.

Pela manhã, a chuva persistia. Ela despertou sentindo o corpo dolorido. Na mesinha, repousava o broche composto de um crucifixo, uma figa e um trevo atados num alfinete dourado.

Ele sentou-se à mesa e, embora o pão dormido requentado e o café já estivessem servidos, não tocou em nada. A mãe notou-o ainda mais calado do que de costume.

— Não quer comer, filho? Que foi que houve?

— O broche. Eu perdi.

A mãe suspirou, aborrecida.

— Que pena. Guardei com tanto cuidado enquanto você esteve ausente. Todos os dias eu olhava para ele e rezava para que você saísse logo daquele lugar. Mas não há de ser nada, viu? O importante é que você tá aqui. Deus vai continuar te protegendo. Hoje eu vou trabalhar. Na semana passada deixei de fazer três faxinas, concentrada que estava na sua saída.

— Preciso arranjar trabalho também, mãe. Mas quem é que vai me empregar depois de tudo o que aconteceu?

— Descanse, Tiago. As coisas vão se resolver. Você vai ver.

Isabel levantou-se com dificuldade. Pensou em ligar para a repartição e avisar que estava indisposta. Pediria à avó que preparasse um caldo e passaria o dia na cama se recuperando, terminando a leitura do romance que já deveria ter devolvido à biblioteca. Contudo, a ideia de enfrentar o resultado do acúmulo de atividades que encontraria no dia seguinte a fez desistir do plano. Já estava atrasada mesmo, não adiantava correr, mas não iria faltar. Um banho e um café caprichado restaurariam suas forças. Vestiu-se, mas não teve vontade de se maquiar. Pegou o amuleto e prendeu-o à blusa, deixando-o em evidência. Não se lembrava do rosto do rapaz que a havia ajudado, mas se eles se cruzassem e ele reconhecesse o broche, ela ficaria satisfeita em devolvê-lo. Na sala, encontrou a avó assistindo ao noticiário e cumprimentou-a com um beijo na testa:

— Vó, pelo amor de Deus! Por que a senhora não me chamou?

— Eu chamei, ué. Mas não sou relógio cuco. Além do mais, pensei que você não fosse trabalhar hoje. Tossiu a noite inteira.

Em dias como aquele, os jabutis não saíam de trás da máquina de lavar. O cachorro Noel só deixava a almofada vermelha no canto da sala pra fazer uma boquinha e a gata Elizeth permanecia sob os pés da avó, aproveitando a ponta da manta pra se enrolar. Foram para a cozinha e Madalena começou a narrar as últimas notícias. Já havia contado a metade da história na noite anterior:

— Pois pelo que eu soube o tal Bigode era casca de ferida, viu?

— Vó... nada justifica um assassinato.

— Não estou justificando nada, Isabel. Estou vendendo o peixe conforme comprei. Encontrei a Dina na missa ontem e ela me contou que o filho da Nice saiu da cadeia. Bem, quando cometeu o crime ainda era menino e foi encaminhado a uma instituição para menores infratores. Agora está livre. Por isso a Nice não apareceu pra fazer a faxina na sexta. Decerto foi buscar o rapaz.

— Tomara que ele não volte a cometer crimes.

— A Dina me disse que ele sempre foi bom menino.

— Sei. E, num belo dia, decidiu pegar um revólver e descarregar no dono do mercadinho. Imagine se ele não fosse bom, hein, vó?

— Ora, Isabel! Você é assistente social. Não deveria julgar as pessoas desse jeito. Todo mundo comete erros.

— Vó... a morte é irremediável. Tirar a vida de alguém não é algo que se pode corrigir.

Enquanto servia a omelete, Madalena reparou no broche fixado à blusa de Isabel:

— E esse patuá? Você não é dessas coisas.

— Não é meu. Achei na rua e estou tentando devolver ao dono.

O dia curtia fossa vestido de cinza, olhinhos úmidos, produtores de garoa. Isabel acostumou-se à ideia de estar na rua. Vinha distraída com seus fones, ouvindo um samba antigo, que falava de um amor não correspondido. Não compreendia o sentimento descrito na canção. Tivera já alguns amantes, mas nenhum amor. No portão do trabalho, assumiu uma expressão sinistra. Lançou um boa-tarde seco como um estampido quando adentrou a sala de espera. A coordenadora da unidade zanzava estrategicamente pela recepção, certa de que sua presença a intimidaria, fazendo com que se desmanchasse em explicações e desculpas pelo atraso, mas Isabel parecia possuída por mil demônios. Entreolharam-se os presentes. A recepcionista arrazoou a conclusão do coletivo:

— Isabel não está boa hoje. Cruz-credo!

A chefe girou nos calcanhares e meteu-se em seu gabineteco, convencida pelos sábios "Ruim com ela, pior sem ela" e "Antes tarde do que nunca". Afinal, ninguém havia reclamado e certamente a fila de espera se dissiparia logo. Isabel era bastante ágil no atendimento. Dessa vez, não entraria com um feedback negativo. Detestava ter que ser enérgica. Secou a testa com a toalhinha bordada, ajeitou os óculos e assumiu um ar grave por trás da tela do computador analisando a página de fast food delivery.

Dentro de sua sala, Isabel fechou a porta e desatou em riso. Ligou o rádio baixinho e começou a examinar as pastas que estavam sobre a mesa. Lione entrou sem bater.

— Isabel! Graças a Deus você chegou! Achei que não viesse...

— Mas avisei que me atrasaria, coração.

— Nunca se sabe, amiga... essa cidade em dia de chuva! E a chefe? Embaçou?

— Que nada! Utilizei a estratégia trinta e três do manual: Incorpore um espírito de baixa evolução e afugente perguntas inconvenientes. Nunca falha.

— Você é biruta, Isabel. Olha, acontece o seguinte: estou com uma porção de acolhimentos pra fazer, mas o Beto me ligou. A Nina não tá bem, acho melhor pegá-la mais cedo na creche. Devem ser os dentinhos, não sei... Cê pode atender minhas pastas, amiga?

— O que é que eu não faço pela Nininha? Manda tudo pra cá, que vou matando no meu ritmo.

— Ah! É por essas e outras que eu te amo!

— Muitas outras, né? Fica me devendo mais essa. E vou cobrar.

Já eram quase seis da tarde quando tomou a última ficha da pilha que pertencia aos atendimentos de Lione e estudou a descrição do requerente. Brasileiro, natural de São Paulo, cinquenta e seis anos, solteiro, residente à rua Pero Correia, 608. Desempregado desde... sempre. Solicitava avaliação de cadastro para obtenção de cesta básica. Isabel espreguiçou-se, tomou um gole do café frio e amargo e convocou:

— Sr. Almir Ferreira!

O homem surgiu à porta, ela o convidou para entrar e sentar-se e ele obedeceu. Mas antes que ela pudesse dizer qualquer coisa ele a interpelou com os olhos muito arregalados:

— Moça! Onde foi que a senhora conseguiu esse broche que está pendurado em sua blusa?

Isabel surpreendeu-se:

— Pertence a um amigo. Preciso devolvê-lo. Por que pergunta, sr. Almir?

— Perdi um idêntico a esse. Idêntico. Mas deve se tratar de uma grande coincidência. Isso aconteceu já tem pra mais de vinte anos...

Rosa amarela

É assim,
como uma imagem,
mais parecendo uma miragem,
uma flor no jardim.
É assim, coisa tão bela!
Minha rosa amarela,
quero você pra mim.

Alexandre Faria e Marcelo Lombardo,
"Rosa amarela", por Grupo Relíquia

A rosa amarela era uma deusa no jardinzinho. Havia outras, também amarelas, ruivas, pálidas, alinhadas, mas aquela, robusta e vigorosa, que morava bem no meio do jardim, parecia uma mulher no auge da mocidade, segura da rigidez dos seios de gamelinha.

Isabel, chegando da feira, notou-a esplendorosa. Parou para descansar antes de subir com o carrinho repleto de novidades pelos degraus curtos da varanda, sentou-se num deles e admirou a flor banhada de manhã, até que a cantoria da avó a despertou. Então, debruçou-se à janela escancarada da sala e flagrou Madalena ajoelhada, aplicando a pasta vermelha sobre o piso. Cortinas amarradas para que o sol entrasse e aquecesse tudo, cadeiras de pernas para o ar sobre a mesa, venturosas de tanta liberdade. Na vitrola, Noel Rosa e seu "Gago apaixonado", ampliada a ternura pelo chiado manso da agulha que reproduzia a canção e seu escandaloso concorrente, o da panela de pressão, que lançava pelos ares o cheiro sublime de feijão fresco. Isabel ralhou, aborrecida:

— Vó... que teimosia! A senhora sabe que não deve se esforçar por causa do reumatismo...

— Mas, Isabel, um sábado tão bonito... você quer que eu fique deitada, ensaiando pra quando for defunta?

— Não fala assim, vó. Odeio pensar ou falar em morte, credo!

— Bobagem sua. A morte é coisa da vida e ninguém fica pra semente. Olha, a Nice faz uma boa faxina, mas nem de longe encera o chão como eu. Além do mais, ela não sabe operar a enceradeira.

— Vozinha... Enceradeira é coisa que ninguém mais sabe manusear. Isso é peça de museu, assim como esse seu vitrolão. Eu já disse que deveríamos revestir o chão de um material mais prático e que você precisa de um aparelho de som mais moderno.

— De jeito nenhum! Adoro meu chão vermelho e brilhante. Quando eu morrer você pode reformar tudo e dar fim nos meus discos também.

— Chega de falar de morte, que coisa! Eu trouxe o frango picado à passarinho, como a senhora pediu.

— Então troque o disco enquanto eu cuido das panelas. Bote a divina Elizeth Cardoso pra cantar.

Isabel se benzeu.

— Tenho até medo de mexer nessa relíquia.

Madalena não abria mão das paredes pintadas de verdinho-esperança. Havia renda nas cortinas e toalhas. Sobre sua cama, a colcha de chenile esticada como uma cara velha ajustada por cirurgia plástica e a boneca dorminhoca com seu traje de pelúcia composto de pijama e touca, a franja crespa e os cílios postiços tomados de poeira. Na mesa de cabeceira, o terço de perolinha, o vidro de seiva de alfazema, a velha moringa, herança de sua mãe, e o livro sagrado aberto eternamente no Salmo 91. As páginas muito gastas, a capa desbotada, seu nome escrito por Isabel com letrinhas débeis de criança. Objetos que ficaram encarcerados por anos e anos em seu antigo quartinho no fundo da casa dos patrões, aguardando o dia em que ela tivesse sua própria casa para obterem alforria, assim como ela.

Os bichos espalhados pelo quintal eram poesia. O cão defumando a barriga, a gata à sombra do telheirinho, os cascos dos jabutis pururucando. Madalena deixou a cera repousar e foi cuidar da comida. Depois, lustraria o chão até que ele ficasse como um espelho, pronto para receber novamente o tapete que arejava sobre o muro. De tarde bateria um bolo e adiantaria o almoço do domingo.

Por tudo isso, Isabel recusara o convite de Lione para ir à noite ao samba de roda. A companhia da avó e a rotina doce da casinha eram seu programa sabatino favorito. Mas Lione telefonou para uma última tentativa:

— Ah, Isabel, você só sabe trabalhar e ficar enfurnada dentro dessa casa. Precisa sair um pouco, se divertir, poxa. Além do mais, não quero ficar sozinha a noite toda. O Beto vai tocar, e quando ele pega naquele bendito pandeiro nem se lembra de que eu existo. Meu irmão vai tocar também e você sabe, Isabel, ele carrega um caminhão por sua causa. Com certeza vai te dedicar um samba. Eu prometi não contar nada, mas quando eu disse que você não ia ele pediu que eu te ligasse e insistisse.

Isabel achou graça na campanha da amiga.

— Tá bem, eu vou. Mas nada de virar a noite. Quero vir cedo pra casa e dormir feito uma pedra.

O espelho refletia a carne rija e dourada de Isabel. As mãos deslizavam pelo colo espalhando creme sobre a pele aveludada. Ouvira dizer a vida inteira que era filha de preto com branco e ainda se lembrava de quando aprendera na aula de artes na escola que a mistura do preto e do branco resulta em cinza. Na época, ficara satisfeita em observar que em seu caso a regra não se aplicava. Cinza só era bonito no céu dos dias nublados.

Gostava de sua cor de bolo de chocolate, mas, se pudesse escolher, preferiria ter a pele tão negra e reluzente quanto a de Vó Madalena. Experimentou o vestido azul e foi à sala pedir opinião:

— E então, vó? Essa roupa está boa?

Madalena examinou-a olhando por cima dos óculos pousados na ponta do nariz.

— Está, sim. Para ir à missa. Comprida feito batina. Quem tem que esconder as pernas sou eu, que já estou para as traças.

Isabel emburrou e foi espiar o comecinho da noite na janela. Estava quente, mas amena. A rosa estava ainda mais linda agora, revigorada pelo frescor noturno. Isabel a observou por uns instantes e correu para o quarto. Voltou à sala metida num vestidinho amarelo de tecido leve que não usava havia muito tempo.

— E agora, d. Madá? O que acha?

Madalena sacudiu a cabeça em sinal de aprovação.

— Ah! Agora, sim.

Isabel sorriu satisfeita e foi escolher as sandálias e os brincos. Na caixa de bijuterias estava o broche encontrado no dia da tempestade e que ela já havia desistido de entregar ao dono. Pensou em usá-lo, mas o tecido do vestido era fino demais e ela temeu que se esgarçasse. Aprontou a maquiagem e pegou a bolsa a tiracolo. Já era hora de sair. Espantou Elizeth, que acompanhava seus movimentos feito uma estátua sobre a cômoda, apagou a luz e bateu a porta. Mas em menos de um minuto estava de volta ao quarto. Remexeu a caixinha, encontrou o broche e o pendurou com cuidado no vestido.

Quando Isabel entrou na quadra da escola, o cavaco emudeceu. Os dedos que arrancavam suas notas ficaram estagnados. Carlinhos tomou um cutucão do cunhado:

— Acorda, velho.

Só então retomou os movimentos, sem, no entanto, desviar os olhos que seguiam Isabel. A música terminou e houve um intervalo. Carlinhos correu para cumprimentá-la.

— Isabel! Achei que não viesse!

— Eu também achei, mas sua irmã não me deu opção.

Lione zombou:

— Ê mano! Eu acho que fiquei transparente porque você não me viu aqui! Já não me basta o Beto, que nem veio falar comigo.

Carlinhos sorriu, encabulado.

— Você tá muito bonita, Isabel! Toma alguma coisa?

— Por enquanto apenas água. É cedo ainda.

Lione continuou zombando:

— Não sou transparente e também estou com sede. Aceito uma cerveja, por favor. Obrigada!

Os músicos começaram a retomar seus lugares.

— Tenho que voltar. Depois dessa rodada passo o cavaco pra outro e venho me sentar um pouco com vocês. Presta atenção, Isabel. Vou mandar um samba pra você.

No caminho, Carlinhos parou no balcão e solicitou que servissem a mesa de Isabel e Lione. O homem que liderava os funcionários virou-se e deu a ordem:

— Tiago, água e uma cerveja na mesa 26.

Os instrumentos começaram a ser afinados. Lione puxou Isabel.

— Vem! Vamos nos mexer um pouco.

— Vá você, vou dar um tempo. Seu irmão disse pra eu prestar atenção na próxima música.

— Eu não disse que ele ia cantar pra você? Eu disse!

Lione saiu, requebrando-se pelo terreiro. Isabel refletiu sobre o evidente interesse de Carlinhos. Era bonito, sim, não negava. Mas não lhe despertava nada. Aborrecia-lhe a ideia de ter que se esquivar de suas investidas. Ficaria um pouco mais e daria uma desculpa para ir embora.

Tiago abria caminho entre a multidão com dificuldade. Equilibrava a bandeja e os sentimentos. Era a sua primeira noite trabalhando no bar da escola, um bico, na verdade, mas a única coisa que conseguira arranjar para auxiliar a mãe no orçamento. Pedira emprego na oficina onde trabalhara ainda menino, mas os tempos eram difíceis agora. O dono prometera uma resposta, mas três meses já haviam se passado. Suspeitava que não o quisesse por causa de sua ficha conhecida. Talvez o melhor a fazer fosse partir para um lugar onde ninguém o conhecesse. Cumprira a sentença estipulada pela Justiça, quitara sua dívida com a sociedade, mas seria apontado eternamente como um assassino. Sentia-se fugitivo. Pelas ruas, os homens caminhavam livremente. Mesmo os mendigos, os andarilhos, pareciam mais seguros do que ele. Se houvesse um concurso para eleger os olhos mais tristes do mundo, Tiago seria contemplado com o troféu. Ali, na quadra, as pessoas sorriam, batiam palmas, sambavam e cantarolavam. Para ele, não havia pausa. Carregava seu fardo o tempo todo, como se sua penitência fosse, de fato, infinita. Alcançou a mesa 26.

— Boa noite! Cerveja e água. Quer que eu sirva?

Isabel estava de costas, apreciando a desenvoltura de Lione e ouvindo o samba que Carlinhos levava olhando em sua direção: "... Bela... Cinderela... será sempre rosa amarela...".

Tiago perguntou de novo se deveria servir os copos. Só então Isabel notou sua presença e virou levemente o rosto para agradecer:

— Obrigada! Não é preciso. Minha amiga saiu por um momento e eu mesma me sirvo.

— Como quiser!

Ele deixou as bebidas e caminhou depressa de volta ao seu posto. Mas não havia se afastado muito ainda quando ouviu o estrondo. Conhecia aquele som.

A canção morreu pela metade. Após o barulho seco, silêncio por um instante e em seguida gritos desesperados. Pessoas começaram a correr, mesas e cadeiras tombaram, a alegria deu lugar à loucura. Tiago voltou-se procurando entender o que acontecia e viu quando a moça da mesa 26 caiu desacordada, como uma flor deixada para trás no meio de uma estranha procissão. Certamente seria pisoteada pelos fiéis, preocupados demais em redimir sua própria vida. Refez o caminho, com mais dificuldade. Remava contra a maré. Alcançou a moça, ergueu sua cabeça, tentou reanimá-la. Então notou o broche pendurado em seu vestido e firmou os olhos em seu rosto.

Tiago tomou Isabel nos braços e cavou um túnel no meio da massa humana. Buscou a saída de emergência próxima à cozinha e correu até conseguir um local onde pudesse parar e raciocinar sobre o que fazer. Havia uma praça na esquina e ele correu para lá. Deitou Isabel num dos bancos e observou que havia um ferimento em sua cabeça. Sangrava. Precisava chamar uma ambulância, não tinha dinheiro para um táxi e vivia uma situação delicada. Como explicaria aquela mulher ferida e desconhecida sob seus cuidados? Se a polícia passasse por ali, inclusive, seria difícil justificar a cena. Teve vontade de retirar o broche de seu vestido e deixá-la ali, quietinha. Estava respirando, afinal. Procuraria algum lugar de onde pudesse chamar uma ambulância e indicaria o local onde a encontrariam. Mas era covarde demais para abandoná-la. Ela era a moça do ponto do ônibus, lembrava-se bem. Pelo jeito, estava sempre metida em alguma confusão. Enquanto ele tentava tomar uma decisão, Isabel moveu-se e, levando as mãos à cabeça, sentou-se no banco. Notou os dedos ensanguentados e olhou curiosa para Tiago, que permanecia em pé à sua frente. Ele adiantou-se:

— A quadra, lembra? Você estava na quadra da escola e...

— Sim... eu me lembro. Um barulho estrondoso, correria e uma cadeira voando em minha direção...

Tiago ensaiou um sorriso. Fazia tanto tempo que não sorria e o fizera tão poucas vezes na vida... Não sabia lidar com sorrisos, mas não se conteve diante da expressão patética de Isabel, contente em saber que não havia acontecido nada de mais grave.

— Ah, então foi só isso...

Isabel indignou-se:

— Sim, só isso! Só uma cadeirada na cabeça, quem precisa de mais?

— Podia ter sido um... tiro.

— Tiro? Então você acha que aquele barulho... Meu Deus! Minha amiga ficou lá. O marido dela e o irmão também. Preciso voltar e saber o que houve.

— Eu estava trabalhando no bar. Também preciso voltar e dar uma satisfação, se é que sobrou alguém por lá. Mas acho melhor irmos com cuidado, porque ainda pode haver confusão. Você se sente bem? Não acha melhor procurar um hospital e ver se sua cabeça está inteira?

— Quem sabe amanhã? Agora, preciso saber dos meus amigos.

Quando chegaram na porta da quadra avistaram uma viatura. Isabel apressou o passo e tentou entrar, mas foi barrada por um policial.

— A área está isolada, senhorita. Ninguém pode entrar.

Isabel tentou convencê-lo:

— É que eu estava aqui agora há pouco, mas acabei desmaiando por causa de uma cadeira que voou na minha testa...

E apontou para Tiago, para que ele confirmasse o que ela dizia.

O policial deduziu imediatamente:

— Ele atirou a cadeira em sua cabeça?

Tiago olhou aterrorizado para Isabel.

— Não, senhor! Ele me socorreu. Ocorre que eu gostaria de ter notícias dos amigos que estavam comigo.

— Alguns feridos foram removidos para o Hospital Central, mas pelo que sei eram apenas ferimentos leves. Houve uma morte e por isso a área está isolada, aguardando a perícia.

Isabel desesperou-se.

— Há uma pessoa morta aí dentro?

— Sim, senhorita.

— Homem ou mulher?

O policial impacientou-se:

— Homem.

Isabel respirou aliviada. Lione não era. Mas havia o Beto. E Carlinhos.

— E eu não posso ver o morto?

Tinha horror à morte e detestava a ideia de aproximar-se de um cadáver, mas queria ter certeza de que Beto e Carlos estavam a salvo. O policial suspirou, sacudindo a cabeça:

— Não, moça, a senhorita não pode ver o morto. A polícia técnica está chegando. Se precisarem que reconheçam o corpo, isso será feito no IML. Sugiro que procure seus amigos em casa ou no hospital.

Tiago ouviu tudo. Lamentava os feridos, o morto e sua féria da noite perdida. Chegaria em casa de mãos abanando. Chamou Isabel para um canto.

— Moça, estamos já há algum tempo juntos e eu ainda não sei seu nome.

— Ah! Me desculpe, sou Isabel, muito prazer. E obrigada por ter me salvado.

— Pela segunda vez, não é mesmo?

— Segunda vez? Como assim?

— Você é a moça do ponto de ônibus no dia do temporal, certo? O prazer é todo meu! Meu nome é Tiago e preciso de um emprego. Se quiser me contratar como salva-vidas... Pelo visto, você precisa de ajuda.

Isabel olhou para ele e apontou o amuleto preso ao vestido. E Tiago:

— Sim. É meu.

Ela o abraçou e deitou a cabeça em seu peito, cansada e agradecida. Tiago ficou imóvel, sentindo os braços delicados envolverem seu corpo. E sem que pudesse controlar os movimentos, seus próprios braços corresponderam e também a envolveram. Ele percebeu o perfume doce nos cabelos dela. Ela ouvia a respiração ritmada que ele produzia. Ficaram assim por um instante. Um instante longo, que Tiago interrompeu assim que se deu conta disso.

— Eu te acompanho até em casa!

Isabel aceitou a oferta.

— Olha, não é tão longe. Podemos ir caminhando.

Andaram lado a lado pela madrugada abafada e conversaram sobre o ocorrido.

No portão de casa, Isabel o convidou para um café.

— Não, obrigado! Já é muito tarde. Fica pra uma próxima vez.

— Mesmo?

— Mesmo!

— Você sabe que moro aqui, mas eu não sei onde você mora. Se não voltar dia desses pra que eu possa agradecer com um bolo e um café, como se deve, não poderei encontrá-lo. Você tem telefone?

— Não tenho...

— Espere, então, vou anotar o meu!

— Não precisa. Não tenho como ligar mesmo.

De repente, Isabel pensou numa coisa que provocou um solavanco em seu estômago. Baixou a cabeça esfregando o saltinho da sandália na calçada.

— Olha... se você tiver uma namorada, uma noiva ou uma esposa, pode trazê-la também.

Tiago testou outro sorriso. Isabel o obrigava a se exercitar nisso.

— Nem namorada, nem noiva, nem esposa.

O cérebro de Isabel trabalhava com múltiplas possibilidades:

— Namorado, noivo ou marido?

Tiago arregalou os olhos, incrédulo:

— Você tá querendo saber se sou viado? Não sou.

Isabel disfarçou o contentamento.

— Se fosse... também não teria problema. Era só pra saber mesmo.

— E você? Namora, tá noiva ou é casada?

— Quem? Eu? Não. Sou solteira. Sempre fui. Eu moro com a minha avó.

— Olha, eu prometo que venho te visitar um dia desses.

Despediram-se. Tiago esperou que ela fechasse o portão e só então se afastou. Mas ela voltou-se e o chamou por cima do murinho. O coração dele disparou feito uma locomotiva.

— O broche! Você não pegou o broche.

Tiago virou-se sorrindo de novo, as mãos nos bolsos, a luz da lâmpada da rua emprestando um contorno azul brilhante à sua figura esguia.

— Fique com ele por enquanto. É a garantia de que eu volto.

Isabel ficou ali, acompanhando o vulto azulado sumir no fim da rua, até que a janela da sala se abriu e Madalena a chamou:

— Isabel! Graças a Deus você chegou, minha filha! Eu estava tão aflita, Lione já ligou uma porção de vezes...

O translado da rosa

Sei que amanhã, quando eu morrer,
os meus amigos vão dizer
que eu tinha um bom coração.

Nelson Cavaquinho, "Quando
eu me chamar saudade"

Tiago caminhava pelo supermercado vazio e silencioso. Os gigantescos aparelhos de TV estavam desligados no setor de eletrodomésticos. Uma pena. Ele gostava de ficar escondido atrás de uma prateleira admirando as telas que transmitiam a mesma programação simultaneamente. Às vezes, dava sorte de ser desenho animado ou a cópia de um filme da moda recém-lançado. Mas ainda que fosse o jornal ou a novela, não fazia diferença. O importante mesmo era ver as cores vivas que desfilavam diante de seus olhos. Em casa havia uma televisão, mas era bem pequena e tudo aparecia em preto e branco, sem nitidez alguma.

Não havia ninguém por ali. Nenhuma daquelas famílias em que o pai veste uma camisa esportiva e a mãe passeia num agasalho confortável riscando os infindáveis itens da lista de compras enquanto os filhos correm, desenfreados. Nenhuma velhinha apressada reclamando dos preços sempre altíssimos. Nenhum funcionário olhando para ele com desconfiança. Ele estava sozinho com as portas fechadas, mas conhecia uma saída. Decidiu encher um carrinho com tudo que sempre tivera vontade de comprar.

Uma grande caixa de cereal, uma lata de achocolatado dos bons, leite, muitos litros de leite. A vitrine onde ficavam trancados os cigarros estava sem cadeado. A mãe ficaria feliz com dois ou três pacotes. Conseguiria carregar tudo que estava separando? Precisavam de sabão e arroz. Café, açúcar, feijão e farinha. O carrinho estava repleto. Molho de tomate, macarrão, queijo ralado para a chorona da Nanda. Já amanhecia e ele precisava ir embora antes que o apanhassem. Empurrou o carrinho bem rápido e alcançou a passagem secreta. Mas quando tentou atravessá-la, deparou-se com pernas muito compridas vindo em sua direção e um par de sapatos enormes. Olhou para cima e viu a cara enfezada de seu perseguidor. Urinou-se quando ouviu a voz que lhe falava em tom de deboche:

— Onde pensa que vai? Se sua mãe não mandou dinheiro, você é que tem que pagar. E já sabe como.

— Bigode, sai da minha frente. Sai da minha frente ou eu te mato.

— Você não mata ninguém, fedelho. Você só obedece! Me obedeça, Tiago. Vamos. Tiago! Tiago! Tiago!

— Tiago! Filho, acorda pelo amor de Deus! Você está suando. E se debatendo.

— Ah! É a senhora, mãe? Que bom.

— Sou eu, menino. Quem mais poderia ser? Lava esse rosto e vá atender seu Amaro, que está chamando lá fora.

Tiago levantou-se, atordoado. Enfiou a cabeça debaixo da torneira e vestiu a camisa. Abriu a porta e viu Amaro encostado à parede do bote, do outro lado da rua. Brincava com o cigarro, fazendo movimentos circulares, enquanto a fumaça subia espiralada. Tiago foi até ele e lhe estendeu a mão. Amaro correspondeu ao cumprimento com entusiasmo.

— E aí, moleque?

— Seu Amaro! O que é que manda?

— Gabiru mandou te buscar. Muito trampo na oficina. É pra começar amanhã, vacilão.

Tiago riu descontroladamente. Balançou a cabeça um tanto incrédulo, ainda. Amaro reforçou, antes de descer a rua:

— Amanhã, moleque! Cedo, hein!

Isabel cavou a terra do canteiro ao redor da rosa amarela e quando alcançou a profundidade necessária retirou-a do espaço onde estivera plantada. Deitou a flor delicadamente num pequeno cesto e ela ajustou-se frágil como uma moribunda em seu leito, lívida e indefesa. Era manhã de domingo. Isabel chamou um táxi e, contrariando seus temores, rumou para o cemitério. O dia estava claro, bem bonito. Ela desembarcou carregando a rosa com cuidado e desceu a alameda admirando as fotos nas lápides, as frases de saudade. Então, avistou a campa que procurava. Pouco mais de um mês antes fora aberta para receber o corpo de Carlinhos. Um engano, uma confusão. A bala não era para ele. Caíra inocente, no meio da quadra. Sentira a explosão no peito, como quando a escola pisava a avenida. Não tinha soltado o cavaquinho companheiro. Morreu entoando um samba para sua musa.

Vinte e seis anos. Bom filho, menino de ouro, comentavam os vizinhos, inconformados. No velório, a mãezinha precisou ser sedada. Lione também se ferira em meio à correria, mas não sentia nada além da dor de ver o irmão dormindo envolto nas bandeiras da escola e do time. Isabel não saiu de perto dela nem por um minuto. Lione repetia:

— Ele te amava, Isabel. Te amava.

Condoída, Isabel tinha abraçado a amiga e a acompanhado assim até a hora derradeira. Fazia um mês. Agonia infinita aquela da morte. Maldito o homem que tira a vida de seu semelhante, Isabel conjecturou. E plantou a rosa amarela sobre o túmulo. Estava murcha e doentia, mas ao contato com a terra revigorou-se. Isabel regou-a e chamou o jardineiro.

Abriu a carteira e ofereceu-lhe a nota.

— Senhor, aceite como agradecimento, em troca de cuidar dessa florzinha que plantei para o meu amigo. Sempre que eu puder, aparecerei para visitar a rosa e o Carlinhos. E, claro, para recompensar sua atenção.

O jardineiro aceitou a gorjeta de bom grado e prometeu que o túmulo e a rosa seriam sempre bem cuidados.

Chegando em casa, Isabel encontrou a avó ajeitando o jardinzinho. No lugar onde havia morado a rosa amarela, foi plantado um punhado de margaridas.

— Acho que vão vingar, filha.

— Tomara, vozinha. Tomara.

Isabel suspirou e foi buscar um copo d'água. E quando já estava no corredor, Madalena gritou:

— Filha, um rapaz procurou por você hoje cedo. Disse que volta outro dia. O nome é... Tiago.

— Eu pensei que você nunca mais ia passar perto da minha rua. Que queria distância de encrenca, sabe?

— Eu disse que vinha, não disse? É que voltei a trabalhar e peguei meu primeiro vale. Por isso, vim te convidar pra um sorvete. Ou qualquer outra coisa...

— Você conseguiu trabalho? Então temos mesmo que comemorar. Mas que sorvete, que nada! Minha avó fez bolo, menino. E bolo de d. Madalena não é coisa que se dispense.

Tiago ficou encabulado, mas aceitou o convite e tão feliz sentiu-se por conhecer vó Madalena, o cachorro Noel, a gata Elizeth e os jabutis Elis e Gonzaguinha. Isabel gostava tanto de música quanto a avó e as duas homenageavam seus cantores preferidos batizando os bichinhos com seus nomes. Madalena apresentou a ele a coleção de discos. O bolo era realmente especial. E a risada de Isabel era fantástica, do jeitinho que ele se lembrava.

— Já é tarde. Preciso ir.

— Ah, Tiago! Volte sempre que quiser! Você foi uma espécie de anjo da guarda pra essa atrapalhada da Isabel, e sou muito grata!

— Obrigado, d. Madalena! Se a senhora me convida, eu volto, com certeza!

Isabel o acompanhou até o portão e conversaram ainda um pouco, sentados na escadinha ao lado do jardim. Então, ele se foi, mas outras vezes se encontraram. Tiago era um pouco mais novo na idade, mas muito maduro. Havia nele qualquer coisa nublada e, quando sorria, parecia que uma nuvem se esvanecia. Ela se habituara a lidar com homens que a cobiçavam, mas com Tiago isso não acontecia. Ela não detectava nele o olhar de análise ao qual estava acostumada a ser submetida. Tiago a apreciava como se estivesse do lado de fora de uma vitrine. Como se ela fosse um artigo exposto numa prateleira alta demais para que ele pudesse alcançar. Ele carregava as lembranças de tudo o que vivera em seus anos de presídio. Todas as armadilhas das quais tivera de escapar, todas as investidas. Aprendera duramente a se impor para manter-se com um mínimo de dignidade. Sua fama lhe garantia certo respeito.

— Esse aí é matador! — o reverenciavam. Recebera propostas para executar trabalhos quando ganhasse a rua, inclusive. Mas só queria retomar sua vida do ponto onde havia parado. Isabel estranhava seu jeito misterioso. Sabia que ele morava na comunidade que ficava no mesmo bairro. Imaginava que ele tinha vergonha de levá-la à sua casa. Ele falava pouco sobre a mãe e as irmãs e, como ela, não conhecera o pai. Parecia sempre prestes a revelar qualquer coisa oculta, mas logo retrocedia. Não falava sobre acontecimentos atuais, como se sua vida tivesse sofrido uma pausa. Não conhecia músicas modernas, nem programas de TV. Não sabia de coisas que haviam acontecido recentemente no país. Isabel caçoava:

— Vem cá, você andou em coma nos últimos tempos, é?

Tiago desconversava. A avó Madalena um dia observou:

— Esse moço... parece que carrega toda a tristeza do mundo nos ombros.

Isabel segurava suas mãos grossas e manchadas de graxa e ele ficava tímido.

— Não há do que ter vergonha. Esse é o resultado do seu trabalho.

— Você é estudada, Isabel.

— Ora, você é um ajudante hoje. Mas pode estudar também, alcançar seus objetivos. É tão novo. Pode melhorar, evoluir. Eu te ajudo, se quiser.

A fisionomia de Tiago transformava-se como o céu anunciando tempestade.

— Não espere essas coisas de mim, Isabel. Sou isso aqui que você está vendo. Um dia, se eu pudesse, gostaria de ser mecânico profissional e, quem sabe, ter minha própria oficina. Mas eu continuaria na graxa, no óleo, trabalhando no chão, debaixo dos carros. Meu objetivo é viver em paz, Isabel. E isso se resume a pouca coisa. Olha, acho melhor a gente parar por aqui. Você é inteligente, formada. Se queria me agradecer pela ajuda no dia da tempestade e por tirar você da quadra, saiba que me sinto recompensado. Conheci sua avó, seus animaizinhos... comi os melhores bolos da minha vida nos últimos tempos e tomei o café mais delicioso. Obrigado.

Estavam mais uma vez sentados no jardinzinho. Tiago beijou o rosto de Isabel e levantou-se para ir embora. Mas ela também se levantou e o abraçou, como se quisesse impedi-lo de partir.

— Me deixa fazer parte da sua paz, vai. Deve haver uma linha pra mim no seu resumo.

Tiago baixou a guarda. Isabel tomou conta de tudo.

Isabel chegou em casa e encontrou Nice em seu quarto, terminando a faxina.

— Ô Nice! Não te vejo há um tempão, como é que vai? Ainda por aqui? Já é tarde!

— Me atrapalhei, Isabel. Estou toda atrasada com o serviço.

— Espero que não tenha sido culpa da minha avó, Nice. Eu sei que ela não para de tagarelar e isso acaba tomando seu tempo.

— Nada disso, Isabel. Eu gosto muito de conversar com d. Madalena, mas hoje ela nem parou em casa. Está se preparando para passear com as amigas da igreja amanhã e a toda hora se lembra de alguma coisa que falta para o piquenique.

— Sim! O piquenique anual do círculo das senhoras de família quase boa da paróquia é amanhã!

— Quase boa? Isabel...

Riram. Isabel abriu o guarda-roupa tentando decidir com que vestido esperaria por Tiago. Era só o que vinha fazendo ultimamente. Se viam quase todos os dias, agora. Quem diria... Tiago, tão quieto e até um pouco ranzinza. Ela se sentia plena ao lado dele. Combinavam inclusive o dia em que ele a levaria para conhecer sua mãe.

Nice começou a retirar os objetos que ficavam sobre a cômoda antes de limpá-la. Mas seus olhos pairaram sobre uma caixinha transparente.

— Isabel, desculpe, mas o que é isso dentro dessa caixa? É um broche... é seu? Digo, onde você o conseguiu?

Isabel sorriu, sonhadora.

— Ah, Nice... eu o encontrei na rua. É uma longa história. Por que pergunta?

— Meu filho tem um idêntico. Quer dizer, já não tem, porque o perdeu há algum tempo. Mas não pode ser outro. Sim, é esse mesmo.

Isabel assombrou-se.

— Nice, qual é o nome do seu filho?

— Meu menino? Se chama Tiago.

Naquela noite, Isabel não recebeu Tiago. Não compactuaria com a situação. Nada do que ele lhe dissesse a faria mudar de ideia. Pensava em Carlinhos. Tiago era como o homem que havia invadido a quadra e matado Carlinhos sem piedade alguma. E gente dessa espécie não merecia perdão. Ele a procurou muitas outras vezes, implorou a d. Madalena que a convencesse a ouvi-lo, mas a avó não conseguia interferir.

— Isabel é um osso muito duro de roer, meu filho. Você precisa ter paciência.

Patuá

Um bom galho de arruda
sempre ajuda a clarear.
Pra quem tem fé: guiné!
No bolso um patuá.

Acyr Marques, Arlindo Cruz e
Franco, "Receita da sorte", por
Grupo Fundo de Quintal

— Quando é que você pretendia me contar? Se é que pretendia.

Tiago reconheceu o pé miúdo na sandália envernizada friccionando o saltinho na calçada, e a voz que vinha do alto. Saiu de debaixo do carro, limpou as mãos no trapo que tirou do bolso e encarou-a sem crer no que via. Tantas vezes havia tentado conversar sem sucesso e, de repente, ela aparecia em seu trabalho. Aquela era Isabel. E ele estava com muita saudade. O dono da oficina estava viajando. Amaro assistia à cena e, sem que Tiago pedisse, deu permissão:

— Pode ir, moleque. Mas vê se não demora.

Os dois caminharam em direção ao campinho. Amaro sacudiu a cabeça, pensativo: "Mulher... quem é que entende?".

— É claro que eu ia contar. Antes de te levar pra conhecer minha mãe, porque assim, se você não quisesse, nem precisaria ir.

— Um assunto um pouco sério pra você esconder, não acha?

— E difícil de puxar também, não acha? Não é fácil chegar em alguém e mandar: sabe, quando eu tinha dezesseis anos comprei um cano e apaguei um cara. Mas saldei minha pena e agora tá tudo bem, se importa de me passar a margarina? Você acha que me orgulho dessa parada? De ser fichado, carimbado que nem gado?

— Fichado por homicídio, Tiago... meu Deus! Você teve coragem de desligar o homem. Como assim? Você é honesto, trabalhador... eu fico tentando entender o que foi que desencadeou essa reação em você. Mas nada justifica. Nada.

— Você quer saber se pode acontecer de novo? Eu não sei, Isabel. Só sei que quem carrega o peso de levar uma morte nas costas sou eu. Quem ficou encarcerado vendo e ouvindo uma porção de aberrações fui eu. Fui eu que comi o pão da cadeia, moça. E vi minha mãe chorar de desgosto em cada visita. Sobrevivi à rebelião. Me impus pra não virar tapete, nem alívio de marmanjo. Sou eu quem tem pesadelos noite sim, outra também.

Isabel tentava conter o choro. Olhava para Tiago e imaginava-o segurando o revólver, descarregando os tiros no homem. Um assassino. Logo ela, envolvida com um assassino. Como é que se dorme com um cara que é capaz de tirar a vida de alguém? E ela andara sonhando em dormir e acordar ao lado de Tiago todos os dias.

— Olha, Isabel, não te culpo por não querer mais ficar comigo. Eu achei mesmo que isso fosse acontecer. Você merece um cara à sua altura, formado em faculdade e de passado limpo. Eu já tinha te explicado que só quero um pouco de paz. Meu trabalho na oficina, dar uma força pra minha velha. Se eu pudesse ter você, seria muito mais do que eu pude um dia imaginar. Mas o tempo que passamos juntos foi especial e é isso que levo. E se quer saber qual é minha maior luta, Isabel, eu te conto: eu queria poder dar outro rumo a essa história, sabe? Mas nem em pensamento eu consigo. Toda vez que revivo os fatos, chego ao mesmo desfecho.

— Tiago, me diz ao menos o motivo. Por que é que você matou o tal Bigode?

Os olhos de Tiago ficaram vermelhos. Arderam.

— Está aí uma coisa que nunca contei pra ninguém, d. Isabel. Nem pro delegado, nem pro advogado ou pro juiz. Não contei nem pra minha mãe. Mas pra você eu vou contar.

Isabel esperou Nice chegar para a faxina e a chamou em seu quarto.

— Nice, lembra-se de quando você viu o broche do Tiago aqui em cima da cômoda e me perguntou onde eu o havia conseguido?

— Claro que me lembro. Bendita hora... antes não tivesse reparado.

— Ora, Nice, deixe de bobagem. Eu ia acabar sabendo, não foi sua culpa. Mas agora, sou eu que pergunto: onde você conseguiu o broche?

— Bom, Tiago nunca soube dessa história, mas tirei o bendito da camisa do pai dele. Na verdade, eu só vi o pai do Tiago uma única vez, na noite em que o conheci. Ele estava podre de bêbado. Dormimos num cafofo perto do Centro. De manhã, quando acordei, ele continuava desmaiado. Retirei o broche da camisa e me mandei. Sei lá por que fiz isso. Descobri depois que estava grávida e me lembrei do patuá. Prendi na roupinha do Tiago assim que saímos da maternidade e ele se habituou a usá-lo.

— Nice, não se ofenda com a pergunta, mas eu queria saber se você tem certeza de que o dono do broche é mesmo o pai do Tiago. Não podia ser outro cara?

— Não, Isabel. Eu era destrambelhada, mas tenho certeza. Não saía com ninguém fazia muito tempo até que tomei umas a mais naquele forró. E depois disso também fiquei sossegada. O tal dono do broche é o pai do Tiago.

— E você não se lembra nem do nome do cabra?

— Bem, ele me disse que era Almir. Mas a gente diz o que quer, é ou não é?

— É. É, sim.

À tarde, na repartição, Isabel pegou a pasta do sr. Almir Ferreira.

Anotou o endereço e, ao fim do expediente, não foi para casa como de costume.

A mulher gorda e lustrosa, metida num avental xadrezinho, varria a calçada enquanto era entrevistada por Isabel:

— Almir? Ah! Ganhaúma... todos o chamam Ganhaúma. Sim, mora neste quintal há muitos anos. A senhora está com sorte. Ele anda enroscado com uma dona lá pelas bandas da Embaré e passa dias sem aparecer, mas hoje está aí, sim, eu vi. É só seguir pela escada e bater na casa 5, no último pátio.

Isabel desceu a escadinha um tanto indecisa. O que ia dizer para seu Almir, afinal? Vinte e poucos anos depois. O infeliz não devia nem mesmo se lembrar de que um dia havia conhecido uma tal de Nice. Imagine saber que tinha um filho com ela. Na sua ficha social não constavam filhos. O caramba! Ele tinha o Tiago. Não importava a idade. Ela mesma, se pudesse conhecer o pai, o faria. Além do mais, seu Almir não havia rejeitado o filho. Apenas não sabia de sua existência. Ela devia ter contado a Nice o que estava planejando. Sentia-se um tanto intrometida.

Mas já estava lá mesmo, não voltaria atrás. Bateu palmas. Ganhaúma não demorou a aparecer.

— Seu Almir!

— Sim! Seu criado! Ah! Mas é a dona moça que distribui comida aos pobres.

— Não, seu Almir! Eu apenas analiso as fichas de quem faz o cadastro.

— Sim! E o meu cadastro foi cancelado, por acaso?

— Não! Eu não vim pra falar disso. Gostaria de conversar sobre outra coisa com o senhor. Aceitaria tomar um café comigo?

Ganhaúma titubeou:

— É que... Bom, emprestei o único dinheiro que tinha a um amigo, que ficou de me devolver amanhã.

— Ah, mas se o problema for só esse e se o senhor não se ofender, eu posso pagar nosso café. E pode retribuir o convite numa próxima ocasião.

— Bem, se é assim, aceito! Como não?

Ao fim da longa conversa que tiveram, Isabel e Ganhaúma choraram juntos. A vida é mesmo como uma grande avenida, cheia de esquinas que se cruzam.

— Que tal uma cerveja, seu Ganhaúma? Não é todo dia que a gente descobre que tem um filho, não é mesmo?

— Pois não é mesmo? Um filho chamado Tiago. Minha mãezinha, que Deus a tenha, ficaria muito satisfeita se soubesse que lhe dei um neto. Mas e agora, dona moça? O que é que a gente faz? Eu sou um duro, não tenho onde cair morto, vou dizer o que pro menino e pra mãe dele?

— Bom... nisso a gente pensa depois.

Depois, Isabel contou a Nice como havia descoberto o paradeiro do tal Almir do forró. E, juntas, contaram tudo a Tiago. Pai e filho se conheceram finalmente, e se tornaram bons amigos. Ganhaúma apresentou seu menino a Gracinha, inchando de tanto orgulho. E presenteou Tiago com o seu maior tesouro: a foto de sua mãezinha.

Isabel havia prometido nunca mais se aproximar de Tiago, mas toda promessa tem prazo de validade. O tempo a fez entender que Tiago fora uma criança solitária e, assim como ela, usara seu próprio manual prático de sobrevivência para o convívio com cafajestes.

Tiago olhava para Isabel, impressionado. Ela estava sentada à mesa comendo o terceiro pão com Leite Moça, enquanto ajudava a avó com os salgadinhos. O restante da família chegaria logo e Tiago havia convidado também seu Amaro e a esposa. Madalena adorava promover aquelas reuniões em que ouviam música, jogavam dominó, degustavam os quitutes que ela preparava e os que Gracinha fazia questão de levar também. Isabel estava no quinto mês de gestação, mas nem ela nem Tiago queriam saber o sexo do bebê que ia chegar. Ganhaúma protestou, curioso, sobre qual seria o nome do neto ou neta. Isabel comunicou, triunfante:

— Bem, se for menina, Ângela Maria. E se for menino, Cauby! Adoro Ângela Maria. Cauby, então... Amo!

Ângela Maria de Oliveira e Silva chegou com muita saúde, numa manhã fresca de outono. À sua saída de maternidade foi fixado o patuá que pertencera a seu avô e a seu pai.

Rainha translúcida

Ah! Não deixe meu amor assim jogado fora,
pare e pense um pouco antes de ir embora,
tem pena desse alguém que sempre te amou.
Ah! Me diga onde errei que eu conserto agora,
só não deixe a solidão, meu coração implora,
não deixe terminar assim um grande amor.

Jorge Silva, Djalma Pires e Belo Xis,
"Samba de ninar", na voz de Djalma Pires

— Fala agora, espertão! Dá solução! Juliana queimou pra Minas. E sabe de uma? Esperando filho meu! Eu fiz um filho, eu fiz! Fala aí, Neco, como é que eu faço pra descobrir a porra desse endereço?

— Caraio, Du. Num chora não, véio. Num chora não que eu não aguento ver amigo chorando, tá ligado? Dá vontade de chorar também.

— Quem tá chorando aqui? Num tô chorando. Isso aqui é "renite". Pintaram o corredor. O cheiro de tinta, sabe como é...

— Ah, é. Pode crer. Quando a Jéssica me chutou da última vez, também tinham pintado o muro, cê lembra?

— Lembro. E quando ela te aceitou de volta tinham pintado o quê? O mundo inteiro?

— Sei lá, véio! Tá tirando?

— Neco... meu filho... minha mina.

Desnorteado. Na TV, contratavam detetives. Pagava o que fosse preciso, mas onde descolar um maluco desses?

— Du, a velha não pode ter viajado sem deixar endereço com algum vizinho. Ninguém faz isso. E se a casa pegar fogo, como é que ela vai saber? Alguém deve ter o contato da vó.

— A vizinha do lado?

— A que te contou do nenê? Não. Você disse que a praga tem a língua solta. Tinha te passado a fita se soubesse, ô se tinha. Bora montar guarda. Na vizinhança deve ter alguém encarregado de bater um fio se acontecer qualquer coisa, receber correspondência, regar planta. Não é possível, deve ter.

Os dias passavam pesados. Como é que devia estar Juliana? E o nenê? Quem cuidava dela, quem a levava ao médico? O que os parentes pensavam sobre ele? Um filho da puta, que desgraçou a vida da menina e caiu fora. E Juliana, o que é que pensava? Que ele era um marginal, um bandidão. Juliana era um doce. Devia estar sofrendo, chorando. Isso podia fazer mal pro nenê, podia até dar algum problema. Nunca se perdoaria se... Andava magro, abatido, sem apetite, sem vontade de cuidar da firma. Barão relevava, estava a par da situação. Neco segurava as pontas como podia e não deixava de dar umas voltas na rua de d. Joana.

Du afundava sem esperança. Pensou em invadir a casa, arrombar o portão pra chamar a atenção dos vizinhos e ver se a velha voltava. Se voltasse, teria que dar conta de Juliana. Mas acabou desistindo. Muita goela. Vontade doida de voltar no tempo, de não ter tratado Juliana daquele jeito. Mais do que isso. Vontade de ser outra pessoa, um cara bacana, ajeitado na vida. Vontade de ter um trampo de responsa e de ter ido conhecer a avó de Juliana quando ela convidou. De ter comprado um pote de sorvete na padaria e ido jantar com a velha, ganhado confiança, mostrando que era sujeito homem. Dava tudo pra ter ido à farmácia comprar o teste de gravidez e ver a cara de Juliana na hora do positivo. Queria dizer que tudo ia dar certo e que criariam o moleque como Deus manda. Ou a princesinha? Vacilo, muito vacilo. Juliana, com aquele jeitinho manso, não perdoou. Era foda a mineirinha. Geniosa. Não deu chance pra um suspiro. Velho... Juliana não durava muito sem que algum urubu botasse o olho. Corresse a história de que o pai do guri era um cafajeste e boa, não demorava pra colar um otário querendo assumir compromisso, criar a criança e tudo. Juliana era bonita demais. Mais cedo ou mais tarde, descobriria onde é que ela estava. E se algum desgraçado tivesse botado a mão no seu filho... E se tivesse dado nome, então. Podia cantar pra subir. Mas e se nunca descobrisse? E se ela nunca voltasse? E se resolvesse apagar qualquer lembrança dele? E se dissesse pro nenê que ele havia morrido? Os mesmos dilemas o visitavam todas as noites, sempre acrescidos de mais fantasmas. Definhava.

Mas houve um dia... Dia em que o Neco fazia turno na observação e notou o portão da casa da avó escancarado e uma caminhonete estacionada em frente. Um tiozinho coordenava uns grandões que retiravam móveis e objetos lá de dentro e acomodavam no caminhãozinho. A vizinha língua solta varria a calçada. Neco chegou junto, como quem não quer nada.

— Bons dias, madame!

— Bom dia!

— Procuro uma casa pra alugar, sabe me dizer de alguma?

— Olha... não sei não, mas conheço uma imobiliária perto daqui.

— Sei... resolvi dar uma volta pela região primeiro, sabe como é. Essa casa de onde sai a mudança, sabe me dizer se foi vendida?

— Ah, não... D. Joana, a proprietária, está morando em Minas por uns tempos e mandou buscar umas coisas, mas não está vendendo a casa, não.

— Entendi. Só vão entregar os bagulhos, digo, os objetos pra ela lá em Minas, né?

— Ah, sim. A temporada por lá há de ser longa e por isso ela mandou buscar algumas coisas. Seu Edgar é quem ficou responsável por tudo. D. Joana deixou as chaves com ele para o caso de alguma emergência, sabe como é...

— Sei... A casa podia pegar fogo, né?

— Pois é! E teríamos que avisá-la, não é?

— Ô se é! Quer dizer que o caminhãozinho vai pra Minas?

— Vai, sim. D. Joana pediu ao seu Edgar que ajeitasse tudo.

— É... quem tem amigo não morre pagão, é ou não é?

— Pois é o que eu sempre digo! Ajudo o moço em mais alguma coisa?

Avesso

Deixe-me ir,
preciso andar,
vou por aí a procurar,
rir pra não chorar.
Se alguém por mim perguntar,
diga que eu só vou voltar
depois que me encontrar.

Candeia, "Preciso me encontrar",
na voz de Cartola

Os olhos de Helena estavam escancarados, mas parecia não haver ninguém em casa.

— É assim mesmo!

A enfermeira me confortou com tapinhas nas costas e cara de volte-daqui-a-uns-cem-anos. Contudo, na visita seguinte, encontrei-a diferente: desmamando o transe, feridas morrendo, cicatrizes nascendo.

As voluntárias serviram o lanche. Me aproximei com cuidado e fiz o convite:

— Vamos?

— Tá.

Colheu uma pequena pinha de uma travessa azul, com o cuidado de quem ampara um prematuro. Namorou-a.

— É linda, né? A cor tão suave, a casquinha craquelê, sempre doces. Nunca encontrei uma que não fosse doce.

Explodiu a frutinha no canto da boca, riu um pouquinho. Recolheu uma semente banhada de saliva.

— Até os carocinhos são bonitos.

Mais um pedacinho de sorriso e continuou observando.

— Parece envernizado. Eu faria um colar com muitos deles.

— Gosta de artesanato? Não quer participar da aula de bordado hoje? Dá uma olhada, quem sabe se anima?

— Tá.

Eu queria conversar com ela sem pressa, mas o coordenador de estágio me acompanhava de longe, então a conduzi e ela ocupou um lugar na roda. A professora entregou o material. Algumas mulheres tinham trabalhos iniciados e os receberam de volta. Ela examinou o bastidor de uma colega. Um pato num pequeno lago. Estudou os pontos débeis, a trama confusa de traçados frouxos, os nós pelo caminho. O pobre meio pato, meio atropelado. Diagnosticou:

— O problema começa no avesso. O avesso tem que ser perfeito. Se for embaraçado, cheio de falhas e nós aparentes, a peça perde valor. A não ser que você o esconda, mas nem sempre dá pra fazer isso.

— Pelo que vejo, você já sabe bordar, não é, querida? Começamos a ensinar sem muita preocupação com o avesso pra não complicar as cabecinhas iniciantes.

— Desculpe, mas discordo. O melhor é fazer tudo certo desde o início. Se a gente acerta no começo, não dificulta o meio e não mata o fim.

A mestra fez uma ruga na testa, arqueando as sobrancelhas desenhadas a lápis:

— Quer auxiliar as meninas? Quem sabe não aprendem melhor com você?

— Tá.

Anotei no meu caderno de impressões: "Hoje ela parece um prédio de poucos andares num bairro de classe média, desses com cheiro de comida fresca e amaciante de roupas pelos corredores. E vasos de planta e gato na janela, porteiro cochilando, um par de tênis repousando sobre o capacho e som de reprise de novela na TV".

Com o bastidor em punho, remexendo as meadas, interpretando os gráficos, gestando pequenos trens, coelhos, ursos, borboletas, ajudando as colegas a aperfeiçoar seus avessos, era assim que eu a via. Uma tarde chuvosa de quinta-feira, num outono bom. Em nada lembrava a figura que, nos primeiros dias de internação, tentava escalar os muros, agredia funcionários e ameaçava atentar contra a própria vida. Voltei algumas páginas e li as anotações sobre minha análise inicial: "Um edifício abandonado, numa periferia triste, desassistida. Paredes decoradas com restos de incêndio, canos estourados, vidraças estilhaçadas, escadas escuras. Cheiro fétido de dejetos. Uma noite de domingo nevoenta, num inverno tenebroso".

Numa das visitas, cheguei depois das voluntárias. Ela já estava trabalhando. Tinha iniciado um conjunto de toalhas bordado com muitas cores. Puxei assunto:

— Gosto mais da vermelha.

— Não é vermelha. É magenta.

— Ah, tá. Então, gosto mais da magenta!

Tão delicada quanto os desenhos que tecia, gostava de música e poesia.

Declamava trechos, ensaiava pedacinhos de canção.

Sexto mês, fim do processo de desintoxicação. Voltou para casa numa manhã de sábado e fui me despedir. O pai guardava as malas no táxi, a mãe conversava com o médico. Me aventurei:

— Posso te ligar, Helena?

— Essa semana vai ser cheia. Tô pensando em procurar trabalho, mas preciso de documentos novos. Uma porção de coisas pra resolver, sabe como é...

Emitiu uma nota de sorriso.

— Então... me dá seu número e eu te dou o meu.

— Tá. Mas tem que ser o do orelhão comunitário lá da rua. Pode ser?

— Claro.

Elogiou meu vestido. Disse que eu ficava bem de vermelho.

Esclareci:

— Não é vermelho. É magenta. Deu um trabalhão pra encontrar, mas tá na etiqueta: magenta!

Liberou mais um bocadinho de riso para a minha coleção e me estendeu um pacote pequeno. Havia feito um presente para mim. Uma caixinha bordada de flores.

— É linda! Caramba! Como soube que eu gosto de margaridas?

— Você disse um dia.

— A gente se fala, então?

— Tá.

Abraço.

Eu não quis ligar na primeira semana. Esperei. Talvez ela ligasse.

Na segunda semana, tomei coragem:

— Alô! Por favor, posso falar com a Helena do 39?

Foi o pai quem atendeu ao telefone.

— Quem quer falar com Helena?

— Seu Arimateu? Sou eu, Lígia, estagiária da clínica.

— Helena não durou uma noite em casa, moça. Aquela ali não tem mais jeito, não.

Bilíngue

Otário é um bicho safado,
é mesmo uma praga ruim,
que nasce no mundo inteiro
e destrói tudo igual a cupim.

Milton de Paula Vieira e Jorge
Garcia, "Os direitos do otário",
na voz de Bezerra da Silva

Espiou da sacada, mas não conseguiu reconhecer o visitante.

— Pois não, o que o senhor deseja?

— Professora Eunice, sou eu, Arimateu.

Arimateu. Fazia tempo. Apertou um pouco os olhos. Sim. A meninada o chamava por apelidos, mas ela insistia:

— Não deixe que te apelidem. Seu nome é muito bonito! Sobretudo porque é uma homenagem ao seu avô.

Era um garoto calado, sempre fora mais alto que os outros da mesma idade. Ela reconheceu a postura envergada que ele já demonstrava no início do ginásio.

Acomodados na sala, pareciam não crer no que viam. Ela se lembrava dele entrando nos treze anos. Ele conhecera ainda um pouco do viço maduro da mestra, e recordava o batom vermelho e o penteado volumoso que ela exibia. Agora, seus lábios pareciam muito finos sem a cobertura intensa, e os cabelos rareavam. Um salto enorme no tempo. Ainda assim, quase pôde ouvi-la explicando os movimentos de rotação e translação e enxergou com clareza o enorme Sol desenhado por ela no quadro-negro.

— O que o traz aqui depois de tantos anos?

— Vim por causa disso. — Estendeu um pacote.

— Um presente?

— Não exatamente.

— Mas... esta é a minha bolsa. Foi levada num assalto ontem.

— Imaginei mesmo que tivesse sido um assalto... Eu passava pela rua da igreja ontem à noite, quando encontrei essa bolsa. Como não havia ninguém por perto, decidi pegá-la. Pensei em entregar diretamente à polícia, mas acabei abrindo para ver se encontrava informações. Qual não foi minha surpresa quando, ao checar os documentos, reconheci suas fotos, seu nome e até sua assinatura, que vi tantas vezes em meus cadernos.

— Como pode ser? Um rapaz me abordou quando eu voltava de uma visita no final da tarde e ameaçou me matar se eu não a entregasse. Foi tudo muito rápido, a rua estava deserta.

— Professora, acredito que o ladrão se viu ameaçado ou acuado. Deve ter levantado alguma suspeita e se livrou da bolsa para evitar um flagrante caso fosse capturado. Eu gostaria que a senhora checasse seus pertences, o bandido pode ter tirado alguma coisa antes de descartá-la.

— Que coincidência incrível! Pelo que vejo, está tudo aqui. Documentos, o pouco dinheiro que eu carregava, meu telefone celular e o que mais lamentei ter considerado perdido: este livro, presente de uma pessoa muito querida! Mal posso acreditar! Não sei como poderei agradecer.

— Estou sentindo cheiro de café?

— Sim! E acabei de tirar um bolo do forno.

— Me parece uma ótima recompensa!

— Vamos pra cozinha!

Durante o lanche, compartilharam um pouco da rotina.

— A senhora nunca se mudou...

— Não. Minha filha estuda em outra cidade e fiquei viúva há dois anos. Pretendo morrer nesta casa. E você, menino? Como vai a vida? Casou? Tem filhos?

— Não, senhora, não me casei. O trabalho consome grande parte do meu tempo.

— E trabalha com quê?

— Com vendas, professora. Na verdade, sou gerente comercial.

— Ah! E sua mãe? Como é que está?

— Minha mãe? Minha mãe desapareceu, professora. Depois de muitas idas e vindas. Meus avós desistiram de procurá-la. Eu ainda tenho esperanças, mas... Já faz muito tempo...

— Eu sinto muito, meu filho. Muito mesmo. Helena também foi minha aluna. Tão doce e delicada. Uma pena...

Amenidades. Ternuras. Despediram-se. Arimateu rumou para o trabalho e logo que adentrou na empresa expôs orientações aos funcionários:

— Prestem atenção: se aquele noia filho da puta da viela aparecer por aqui outra vez, querendo pedra a troco de artigo arrancado de mãe de família da vizinhança, apliquem outro couro nele. E mandem avisar o resto da clientela que nessa boca não se foge à regra.

— Firmeza, Leleco!

— Arimateu. Meu nome é Arimateu, já falei! Na pior das ideias, Barão. É isso. Ficou claro?

— Muito claro, chefia! Desculpa aí, Barão. Desculpa aí.

Mingau Futebol Clube

Todo menino é um rei.
Eu também já fui rei.

Nelson Rufino e Zé Luís, "Todo menino
é um rei", na voz de Roberto Ribeiro

Encolhido em sua aldeia, olhos fixos em direção à arquibancada, o goleirinho reserva do Mingau mirava a moça de seus pesadelos. Feito vestido pendurado no varal numa manhã com vento, sacudia-se a moça. Dançava dentro do bustiê, em minissaia, foliava. Aflita, lindamente aflita, como sardinha dourando em óleo quente, dobrava-se ao meio, mãos sustentando o abdomezinho em cólica. Usava uma coroa. Uma pequena coroa enfeitando os cabelos de Iemanjá. Do banco, o goleirinho acompanhava todo movimento que dela partia. E ria.

O Quibe meteu um gol sensato no Mingau. O goleirinho riu. Os companheiros notaram o contrassenso. Estaria chapado o pequeno? Se bem que o goleirinho era o príncipe dos caretas. Devia estar rindo de tão nervoso, concluíram. Coisa simples. Só deslumbramento. Nada mais do que a experiência de ter os olhos cravados em qualquer coisa que monopoliza a alma.

De repente, o pegapacapá. Fuleiragem. Outro gol sobre o Mingau, inválido dessa vez. Treta. Time pra cima! Melindrados, clamaram à forra. Discussão. O goleiro titular do Mingau desabou, atingido por um murro na venta. Mingau sem goleiro? Nada! E o naniquim substituto? O autor do soco foi expulso, penalidade máxima. A pequena vedete, de seu palco na arquibancada, dava show, desengavetando palavrões e sortilégios.

Apreensão. O atacante bateu, certeiro. Goooooooooool! Do Mingauuuuuuu!

Tempo. Time desacorçoou. E agora? Pra ter o reservinha agarrando, melhor seria não ter ninguém. Frangava bola sim, outra também, todo mundo tava ligado. Só que era chegado do Barão, o patrocinador, então permanecia. Era souvenir. Uniforme passadinho, cheirando a amaciante, meias novas, chuteira engraxada. Carregava frasqueira com lanche, cantil e um guarda-chuva formidável. Já tinha dezoito anos, mas assim mesmo a mãe foi falar com o técnico pra saber onde é que ia ser o diabo do jogo.

Ameaçou: se não trouxesse o moleque inteiro pra casa, podia queimar o chão ou ia se ver bonito.

Coro comia. Torcidas clamavam pelo seguimento, times em iminente colapso. O goleirinho, nem audiência. A sereia insultava a mãe do juiz.

Goleirinho aprovava com olhos de peixe morto e boca escancarada. O técnico avaliou o clima em que se encontrava o reserva para assumir a bucha. Rematou o de sempre. Moleque desmiolado. Sem chance para o Mingau se o birutinha fosse defender. Ninguém esperava pela baixa do titular, mas o jogo tinha que seguir. Barão desceu do camarote pra averiguar o motivo da demora. Por que é que goleirinho ainda não havia assumido? O técnico ressabiou. Tinha vontade de falar e amor à vida. Contrariado, escalou o reserva. Um tapa na cabeça, pra ver se a entidade incorporava. Atordoado, goleirinho abandonou a aldeia e encarou o campo Farinhex, forrado de nego. Sentiu a manhã de domingo, a final, a trave vazia esperando por ele. Mais que isso: sentiu o sacolejo do corpinho da sereia vibrando, a boca coberta de pink gorduroso, gritando Mingau êô!

Mais ainda: sentiu o mano da vida inteira, que era o mandachuva agora, balançando a cabeça à espera de atitude. Os sons da infância voltaram: "Tu franga mais que minha tia de saiote, mais que minha avó de camisola". Mas com toda a brabeza, com todos os croques, pescoções e amabilidades, não se cansava de treinar o tampa. Acreditava no pirralho. Embora não levasse muito jeito, ser goleiro era o sonho do baixinho. Pivete molenga, mas de bom coração. Dividia o lanche na escola e quantas vezes o convidou para o almoço ou para o bolo sagrado nas tardes de sábado. Fingia não notar que, de vez em quando, o grandão lhe tomava a mãe emprestada por uns momentinhos. Na verdade, não se importava. Enquanto dividiam a mãe, eram irmãos.

Situação merecia concentração. Embora continuasse acanhado na altura, curto feito bolinho de arroz quando cai no tacho e desenvolve aquelas perninhas e bracinhos de massa dourada, goleirinho já não era guri. O mano, tão alto e forte como sempre, tinha agora a cara mais enfezada do que nos tempos em que treinava o pequeno depois das aulas. Goleirinho, no entanto, continuava doce e vazio de sofrimentos como um balão colorido.

Como se as amarguras fossem as bolas que ele perdia, que passavam longe, muito longe do travessão. O mano, não. Era exímio goleiro de tristezas, agarrava todas elas, como se fossem lançadas exatamente com o intuito de lhe caírem nos braços. Podia bem ser o goleiro do Mingau, mas enveredou por outra carreira e bem depressa ganhou título de Barão. Além do mais, jogador do Mingau não levava salário. No máximo, churras de miolo de acém e cerva choca na faixa, uns baratos de bônus e as simpatias das marias-chuteiras de várzea, aos domingos.

O combinado era evitar que o adversário se aproximasse da grande área. O jeito era resguardar o pequeno, tentar isentá-lo de problemas. O técnico passou toda a fita para a equipe, enquanto o guardião marchava para cumprir sua missão. Fim da pausa. Seguiu o Quibe na retranca e o Mingau de arqueiro estreante em guarda. Torcida. Motes nas bandeiras: Quibe, campeão do gueto! Mingau, orgulho e resistência, eternamente! O sol em sua posição na escala, castigando os lombos. Na canseira do Quibe, o Mingau empatou. Delírio.

Segundo tempo. Decisivo. Dois a dois. Os Mingaus evitavam as tentativas de enfiada, poupavam o goleirinho. Prorrogação.

Precisavam mandar mais um, decisão por pênaltis, inviável. Não deu outra. Previsível como final de novela das oito. O técnico do Mingau se ajoelhou. O time todo tremeu na catacumba. O goleirinho posicionou-se, heroico. Era sua chance. Sua chance de mostrar-se à sereiazinha. Agarraria todas as bolas e levaria o troféu. Barão chegou junto, apreensivo. Lembra, moleque! Lembra de como a gente treinou um bocado de tempo, imbecil. Faz como eu te ensinei, baitola.

Começou.

Mingau: Gol

Quibe: Fora

Mingau: Gol

Quibe: Gol

Mingau: DEFENDIDO

Quibe: Gol

Mingau: Gol

Quibe: Gol

Mingau: Gol

Quibe: Gol

Mais dois tiros anunciados. Nenhuma defesa do Mingau. Anjos posicionados.

Mingau: Gol.

Se o Quibe enterrasse, seguia o castigo. Podia ser fora, podia, sim. O goleirinho agarrar não era opção, ninguém contava. A mandinga era pra voar longe. A sereiazinha pulava com os dedos cruzados. Barão suava em bicas. Goleirinho avistava a sereia. Leitura labial. Agarra, agarra. Me agarra! Me agarra! Viajou. Bolou o orgulho do mano também. Não ia dizer nada, marrudo que era, mas ia ficar inchado que só vendo. Apito. Silêncio, o oco do chute, o chiado do voo. Ela foi baixinha. E como não fosse tristeza, não fosse amargura, nem desgosto, como se fosse um acalanto embrulhado pra presente, a bola abraçou o goleirinho, colou nele e, ainda que ele não retribuísse o abraço, a mensageira quicaria pra longe da área de risco. Era dia do Mingau. Mas ele era carinhoso e gentil. Nunca deixaria de corresponder a um abraço. Nunca.

Acabou! Mingau, campeão do combate. O técnico deitou no gramado.

O time correu para a montoeira.

A sereiazinha, grata e comovida, gamou no goleirinho. O Quibe retirou-se com respeito.

Barão se aproximou, abriram caminho. O goleirinho não se conteve:

— Leleco, eu peguei! Você viu? Eu peguei!

— Pingo, ela veio na tua mão. Aquela ali, até a minha tia de saiote agarrava. Até a minha avó de camisola. Cê que não pegava não e eu te enfiava a porrada. E tu tem mesmo que ficar me chamando de Leleco aqui, no meio da camaradagem? Eu agora sou Barão, tapado. Barão!

O mano já era sério e de poucos amigos quando eram pivetes. Um pouco mais velho, atrasado na escola, sempre cismado, fechadão.

Pinguinho simpatizara com ele desde o início. Com aquele jeito carrasco, por dentro era brigadeiro de colher. Agora era respeitado na quebrada. Mas, pra ele, era Leleco. Sempre.

— Agora que eu ajudei o time a vencer, cê acha que aquela minazinha ali do canto, a da coroa... tu acha que...

— Experimenta! Vacilão.

No meio da festa, ninguém reparou quando um maluco chegou por trás e deu o primeiro. Silenciador e aquela zorra toda. Leleco caiu para a frente, agarrou Pinguinho, que ficou feliz da vida com o abraço, mas sabia que aquilo não era do feitio do mano. E sentiu logo o líquido quente empapando tudo. Mais dois, pra garantir. O matador evaporou. Leleco olhou pra dentro de Pinguinho. Sem palavras, dizia obrigado. Pelos pães de açúcar no recreio, pela mãe emprestada de vez em quando, por ser seu irmão. Até que tudo ficou muito, muito escuro.

Planeta rainha

[...] fada,
que ao me tocar, me fez um rei [...]

Luiz Carlos da Vila e Mário Sérgio,
"Fada", por Grupo Fundo de Quintal

Redonda e misteriosa, a circunferência aquosa forrada de turquesa repousava em sossego. A Terra era azul, como o vestido que abrigava aquele planeta-ventre. Quem o habitava? Saiu sozinha à varanda e abriu o portão com excessiva delicadeza. Tocou de leve o trinco, como se bordasse. Evidentemente, escapava. Caminhou perseguindo as passagens sombreadas. Rua triste, confins de Minas. Cabelos presos à altura da nuca, dezembro cáustico. Atravessou a praça em direção ao sorveteiro.

Remoto, o astronauta a analisava. Percorrera galáxias para vê-la. Apostava seu oxigênio: ela escolheria duas bolas de morango. Bingo.

Esplêndida, alcançou um banco equilibrando a montanha de creme cor-de-rosa sobre a grácil casquinha. Ele quis correr e abraçá-la grande. Temeu assustá-la, arrancá-la abruptamente daquele instante de deleite. Tudo novo. Exuberância mágica, gravidez, gravidade. O material fluido que era inútil arraigado nele tornara-se universo radicado naquele ventre-planeta. Ele, crescendo dentro dela.

O céu foi roseando, tomado por completo pelo reflexo da massa doce que desmoronou e espalhou-se no gramado. Veio de trás a voz baixa, receosa em monossílaba:

— Ju!

Vertigem. Blecaute.

Ela despertou com cheiro de saudade invadindo tudo. A cabeça apoiada àquele peito. Aquele. Letargia. São Paulo, boa tarde, cinema, amor. Você é burra, Juliana? Arma sobre a mesa. Juliana envolvida com bandido, grávida! Traz ela de volta, não deixa rastro. Malas. Noite. Regresso. Minas. Du. Sonho. Multidão cercando.

— Chamem a ambulância! A grávida desmaiou!

— Não precisa. Tô bem, só uma queda de pressão.

— Valeu, gente. É minha mulher. Vai ficar tudo bem. Eu cuido dela.

— Eduardo, não quero isso pra mim. Não concordo, abomino...

— Juliana, me deixa sentir o nenê?

— Como é que você me encontrou?

Na tarde calma de Minas, se perderam.

— Aê, Du! Sei não... Tô achando que o Mateuzinho vai dar uns cata na Ritinha, hein...

— Neco, tu é o padrinho. Vai querer ser o sogro também?

— Sei não, só acho... E as paradas, nego véio? E o ofício?

— Precisa ver, Neco. Lá em Minas, sou o seu Eduardo do mercadinho. Tem até uma molecada ganhando uns trocos na entrega. Aviãozinho de pão, leite e mortadela. Tudo na forma da lei.

— O trabalho *danifica* o homem, meu camarada. Eu tô de boa aqui também. Adquiri esse carango mil grau e sou o Rei do Ovo. Ovos, ovos, ovos, dona de casa! Chegou o carro do ovo! A Jéssica tá metida. É a Rainha do Ovo, veja bem.

— E o Barão, véio? Como é que foi?

— Três balaços, irmão. Executado no dia da final do campeonato, no meio de todo mundo. Agonizou nos braços de um camaradinha. Se tu ainda estivesse na fita, sucedia. Seria o novo barão.

— E durava o quê? Mais um ano? Dois, até me passarem também?

— Pode crer, Du! Deus seja louvado!

— Neco, tô zarpando! Só vim visitar a coroa. Juliana mandou dizer que tá esperando tu, a Jéssica e o Mateuzinho nas férias. Mas fica de olho no moleque. Se ele colar na da Ritinha eu te processo, vagabundo.

— Ô Du... me explica um negócio. Que baitolice é essa de tatuar o nome da Juliana no braço, ô ordinário? O da Ritinha tudo bem, é filha, tá certo. Mas tatuar nome de muié? Que vacilo, mermão! Ainda mais Ju-li-a-na. Se fosse só Ana, vá lá. Juliana é muito grande. Se tiver que cobrir, vai ter que desenhar um trem de carga por cima. Se a vaca for pro brejo, tá na roça. Tu é um quadúpredi, mesmo. Fazer o quê? Sempre foi. Tem nada, não. Presta atenção, irmão, te dou a real: se tiver que catar outra mina, tu explica que Rita é tua filha, tua menina. E Juliana, tu diz que é uma tia tua que ajudou a te criar, certo? Uma tia de Arariboia do Norte, por quem tu tem muita consideração. Fechô?

O Neco era mesmo um gênio.

Do que é feita Rosalina

Se mais uma criança apareceu,
se pra felicidade alguém nasceu,
eu sinto que a vida está mentindo,
pois nunca vi ninguém nascer sorrindo.

Guilherme de Brito e Nelson
Cavaquinho, "A vida"

Quando ela chegou, na companhia de Aurélio, trazia uma muda de roupa que consistia em três vestidos puídos e meia dúzia de peças íntimas. Encontrou dois molequinhos amarelos sentados à porta do barraco e uma mulherzinha adormecida no berço. D. Tila cumprimentou-a, risonha, deixando à mostra a gengiva escura e desdentada. Preparava uma espécie de angu numa panela preta de fuligem e preveniu:

— Se vai o gás, seu Aurélio.

— Essa aqui é Eliete, d. Tila. Veio pra tomar de conta dos meninos. E de mim.

A velha a abraçou gostoso.

— É bom!

Ela fez a correção, baixinho que só:

— Meu nome é Rosalina.

Aurélio arregalou muito os olhos esverdeados, contraindo o cenho.

— Então não se chama Eliete? Rosalina... é bonito. A casa é tua, Rosalina.

Ele havia dito a verdade. Tinha três filhos pequenos e a mãe dos meninos, cansada do miserê, tomara rumo. As crianças andavam largadas, vigiadas fortuitamente por d. Tila, que já olhava pelos netos e andava enfastiada, apesar de toda a boa vontade.

Durante a semana em que esteve na pequena cidade descarregando carga, Aurélio visitou o Castelo todos os dias e a escolheu sempre. Sentiu por ela qualquer coisa reservada. Era fresca ainda, quase tola. Um fruto muito verde madurando numa estufa. Mostrava-se pouco à vontade e esquivava-se irrefletidamente, o que, de alguma maneira, o divertia.

Algumas vezes conversaram um pouco mais. Era notável o embaraço que aquela circunstância era para ela. Na véspera do dia da partida, ele fez o convite:

— A mocinha sentindo, pode vir comigo. Há de me ajudar no cuidado com os pequenos. Lá em casa o teto é roto e o alimento é simples, aviso logo. Os meninos são uns diabos. Parto de manhã, bem cedo.

Foi tudo o que disse quando se levantou. Naquela noite ela não dormiu, temerosa de que ele se fosse sem ela. Pela madrugada chegou-se ao estacionamento onde pousavam os caminhões. Não se despediu de ninguém.

Aurélio tirou uns trocados da carteira, depositou-os sobre a mesa e se deitou. D. Tila mostrou onde estavam os cacarecos, contou que mais à frente ficava o armazém e se foi. Os garotos permaneceram calados. Rosalina os entendia. Rejeitados, pobrezinhos. Abandonados, uma judiação. Olhavam para ela assombrados. A pequenina gemeu e ela aproximou-se do berço. O menino mais velho experimentou:

— Dorinha qué mamá.

— O nome dela é Dorinha, é? E o seu?

— Rogério. Meu irmão é Sandro.

Dora tinha oito meses. Um fiapo. Rogério tinha seis anos e Sandro, quatro. Rosalina abriu a geladeira, que estava corrompida pela ferrugem. Remexeu uns potes com restos de gororoba azeda e encontrou um pouco de leite com aspecto e odor suspeitos também. Sobre a pia, pratos sujos e a mamadeira cheia d'água. Ela ajeitou sem pretensão os cabelos do grandinho, enquanto lhe falava:

— Rogério, tu sabe onde é o armazém?

Os olhos dele, de apagados, tornaram-se intensos e esperançosos.

— Sei, sim!

— Tu me leva lá?

O miúdo assumiu uma expressão heroica. Fora escalado para liderar a missão. Conduziria o esquadrão até o local das provisões. Pôs-se continente, comovido por servir à pátria:

— Eu levo!

Rosalina colheu a pequena do bercinho e jogou sobre ela um xale deformado que repousava sobre a cabeceira.

— Dê a mão para o Sandro. Vamos!

Com o bebê no colo e os meninos atrelados, abriu a porta e suspirou profundo. Os soldadinhos marchavam compenetrados, repletos de honra em abrir caminho para a capitã. Entreolhavam-se confiantes, o combate havia começado. De vez em quando sorriam uma risada curtinha, mas ligeiro volviam as atenções para a caminhada. O menorzinho, cheio de curiosidade. O maior, contrito e grato. Finalmente, o socorro.

Quando, tarde da noite, Aurélio acordou, a casa estava varrida e a comida, feita. Rosalina cuidava de Dora, como se brincasse com uma boneca. Os meninos gozavam suas condecorações. Contentes pela barriga cheia, lambiam cada um seu pirulito, aplicando na tarefa exagerada prudência. Ele se levantou e espiou as panelas. Animou-se, no que ela deixou a brincadeira e se prontificou:

— Janta?

— Aceito, sim!

Ela o serviu, acanhada de ter errado no tempero.

As crianças adormeceram. Havia uma cama estreita num canto, que servia para os dois meninos. Aurélio deitou-se novamente, enquanto Rosalina deu conta da louça. Finda a tarefa, exausta, pensou em se ajeitar junto dos maninhos. Aurélio desconfiou.

— Tu não vem?

Ela preferia mesmo era dormir com os garotos, mas estava acostumada a pagar por moradia e alimento.

— Vou.

Com a luz apagada, ao som da respiração dos puros, ela deitou-se ao lado de Aurélio com involuntária cerimônia.

— O que é que foi, moça? Parece até que nunca estivemos juntos.

— É diferente. Antes era de ganho.

— Agora tu é minha mulher.

— Posso te pedir? Tu não me aperta os seios, não?

— Eu já fiz isso, foi?

— Fez não. É coisa minha.

Pela manhã, Aurélio se despediu.

— Passo fora bem uns dez dias. Viagem longa. Deixo dinheiro. É pouco, tu tem que se virar com este até para o gás, mas na volta trago mais um tanto, sossegue. Põe os meninos pra escola. D. Tila te ensina. Tu consegue?

— Consigo.

— Feche o cadeado, então.

— Aurélio... E se tua mulher voltar?

— Volta nada. Anda pelas bandas do Mato Grosso. Se quisesse os filhos, tinha levado logo. Falou que não queria saber de criança aborrecendo, não. Deixou a menina no hospital, deu nem de mamar. Minha mulher agora é tu.

Mergulhada no silêncio, Rosalina buscou na bagagem de lembranças o que tinha sido sua vida, tentando compreender a nova etapa que se iniciava. Veio-lhe a voz da mãe na conversa com prima Liduína, guardada na memória havia alguns anos. Na ocasião, ouvira tudo calada, sem desconfiar do que sobreviria.

— Escute o que lhe digo, Mercê. Permita que eu leve a moleca para o Castelo. Repasso comissão por tudo o que ela render e há de ser muito. É delgada, palidazinha e de pés pequenos. Freguesia certa.

— Terezinha é enferma, Lidu. O doutor alertou sobre a fraqueza dos pulmões. Não há de suportar nem mesmo a primeira visita.

— Nesse caso, você é quem sabe. A única mão que posso lhe estender agora é esta. Desde que o compadre se foi tenho auxiliado como me é possível, pois somos parentes, mas ando também aperreada, de modo que me desobrigo. Os tempos são maus.

— E se eu lhe der Rosalina?

— Rosalina? Mas não tem nem doze anos ainda, Mercê.

— Mas é robusta, tem boa saúde. Desde meninota foi com o pai para o roçado e nunca adoeceu, nunca apresentou sequer febre. É boa para o sol e para a chuva, submissa, pacata.

— Sim, aparenta ter mais idade do que de fato tem, mas não traz a delicadeza de Tereza, isso não. É parruda, queimada e as mãos estão rudes. No início pode trazer vantagem por causa da novidade. Eu levo. Vamos ver o que adianta.

As moças se condoeram quando Rosalina chegou. A cara arredondada de menina solta, notando a casa. A alcoviteira ordenou que a levassem ao aposento coletivo e lhe indicassem uma rede. Que ensinassem o costume da arrumação e lhe delegassem pequenas tarefas a princípio. Pela noite, que a pusessem enfeitada e a deixassem livre. Era preciso ver a aceitação e as propostas. A estreia seria bem cotada. Cabra que a desejasse havia de desembolsar sem protesto.

Pelos primeiros dias parecia bicho enjaulado. Já não desfrutava a liberdade do campo, pouco via o céu. Analisava as moças, que pitavam e riam, maldiziam e lamentavam a sorte. Gostavam dela. Brincavam de trançar e destrançar seus cabelos e caçoavam de seu amplo apetite de criança gulosa. Dona da casa inquietou-se. Que lhe pintassem a cara e as unhas. Carecia pagar o consumo e a mãe aguardava em casa pelas comissões. Vestiram Rosalina de mulher. Calçaram-lhe sandálias altas de correias e os vultosos tornozelos tornaram-se afogueados de estranhamento. Era-lhe penoso caminhar sobre as plataformas. Apesar de volumosa, tinha os peitinhos ainda em botão, aréolas intumescidas, preguiçosas no brotar. Cintura não se via. Ataram um cordão acima das nádegas comprimidas pela saia justa.

Combinaram nova alcunha para o ofício: Eliete. Botaram na vitrina. Uma empada triste e oleosa na vitrina.

Não demoraram a perguntar quanto custava. Eliete? O negócio com ela é lá com a dona da casa. Interessado e negociante chegaram a um acordo. As moças se aborreceram, mas assim é a vida. Eliete foi conduzida ao covil e permaneceu sentada na cama de colchão mole do quarto ainda desconhecido à espera do incógnito. A alcoviteira apagou a luz e cerrou o cortinado. Recomendou que ela se mantivesse tranquila e obedecesse ao freguês.

Ao final da sessão, uma das mulheres foi socorrê-la. Encontrou-a soluçando, embrulhada no lençol manchado de semente e sangue. Os peitinhos destruídos como ervas corriqueiras pisoteadas num canteiro. O amaldiçoado os esmagara à exaustão. Ressentidos, seguiram atrofiados. Ela cresceu, contudo os seios continuaram infantis, crianças para todo o sempre, doloridos, chorosos.

Encontrava-se distante de toda aquela vivência conturbada, agora. Eliete estava morta, sepultada no Castelo. De herança, deixara uma multidão de miomas, um acúmulo de sífilis, aversões inconcebíveis e um extraordinário acervo de amarguras.

Como fazia frio em São Paulo. Rosalina tomou Dorinha e a depositou na cama. Migrou também os garotos, entorpecidos ainda, desfrutando a quietude de seus ventrezinhos nutridos.

Ajeitou os cobertores. Cheiravam a bolor e porcaria. Primeira visita do sol, veriam água e sabão. Aconchegou-se ao lado deles. Era cedo. Estudou a imensidão do barraco, arquitetou melhorias. Abraçada aos filhos, pranteou mares, cautelosa para não assustá-los. Ligados por seus desamparos, sobreviveriam.

Sábado de Aleluia

Minha,
repete agora esta cigana,
lembrando fatos envelhecidos
que já não ferem mais os meus ouvidos.

Cartola, "Minha"

Era uma tarde tão comportada que passeava vestidinha num pulôver cinzento do lado de fora da minha janela. Em Sábado de Aleluia a gente não sabe bem o que fazer. Calmaria doida. Vovó estava em seu quarto, envolvida na colcha de tricô, olhos fixos no teto. Saudade de ouvir a voz dela, de conversar um pouquinho, mas havia muito tempo ela se tornara inacessível, como um objeto antigo que a gente não sabe manusear.

Em busca de distração, escolhi a vítima: a estante. Gavetas e prateleiras empesteadas de existência. Ela suspeitou que seria defraudada e suspirou, paciente. Escancarei a parte inferior e senti o peso da boa madeira, outrora encantadora cerejeira, plantada sabe Deus onde. O que é a vida?

Alcancei um envelope e espalhei o conteúdo no tapete. Um manual de liquidificador, uma conta antiga de energia, telegramas, postais, um rótulo de Neocid. Numa fotografia em preto e branco, uma mulher carregava um garoto gordo com traje de batizado. Bula de analgésico, receita de pavê bicolor, cartões de Natal, santinhos de missa de sétimo dia, um pente desdentado. Velharias inúteis que vovó sempre fez questão de conservar. Apanhei um saco de lixo. A estante tremeu indefesa, mas digníssima.

Em outro compartimento, dormiam tranquilos uns volumes grisalhos. Acordei todos eles e foram também para o tapete. Atordoados, defenderam-se espalhando poeira. Vesti a capa da justiça. No quem-vai-quem-fica dos meus critérios, formei duas pilhas distintas. Parti para a prateleira superior. Grandes xícaras sonhadoras temiam ser notadas. Implacável, retirei cada uma delas e esmiuquei seu interior. Na maior de todas, repousava uma folha hepática com uns números de telefone rabiscados. Prefixos obsoletos. Dentro da azulona, morava um magro carretel de linha com um alfinete enferrujado cravado no corpo caniço. Na menorzinha, fichas telefônicas, botões de tamanhos e cores variados, moedas já sem valor. Ao lado, paralisada, a coleção de discos. Capas plastificadas de um Alzheimer evidente clamavam comiseração. Frank Sinatra e Ray Conniff, seguidos por uma fila de sinfonias. Começaram a vir trilhas sonoras e coletâneas. Álbuns coloridos sorriam, abobalhados, como se sentissem cócegas ao meu toque descuidado. Busquei uma caixa grande. Muitas capas traziam dedicatórias, datas, declarações. Numa delas, em caligrafia ordinária, lia-se: "Eterno amor, sempre teu, Ivo". Um disco de Cartola. Ivo... Ivo... nada. A vitrola envelhecia sossegada no canto. Como é que se liga esse troço mesmo? Um adaptador, tomada antiga. Puxei pela memória. Soprei bem de leve a agulha. Movi o frágil bracinho, cautelosa. Chiado. Chegou a primeira nota. "Minha? Quem disse que ela foi minha? Se fosse, seria a rainha que sempre vinha aos sonhos meus..."

Ouvi passos vindos do corredor. Vovó se levantara. Abobalhada, veio floreando em movimentos plastificados, mão no ventre, seu cavalheiro.

Balançava sonhadora, o corpo enferrujado e magro de caniço, já sem valor, escancarada, empesteada de existência. Hepática e obsoleta, rodopiava no tapete, num Alzheimer indisfarçável. Outrora tão encantadora, agora grisalha de esmiuçado interior, defraudada. Me tirou pra dançar, sorrindo desdentada, como se sentisse cócegas ao meu toque descuidado. Movi o frágil bracinho, cautelosa, trouxe-a leve feito pluma. Então é assim que se liga esse troço?

Ao fim da canção, suspirou paciente e retirou-se. Voltou a envelhecer em preto e branco, sossegada em seu canto, temendo ser notada. Clamava comiseração, de novo paralisada, indefesa, mas digníssima. Retirei a capa da justiça e recoloquei os objetos na estante, que seguiu muito nobre em seu silêncio solene. Fui à janela admirar a tarde de pulôver.

O que é a vida?

Uma fresta na janela

Mãe, eu juro, pela luz que me alumia,
se eu continuar com ele,
não me chamo mais Maria!

Adoniran Barbosa e Noite Ilustrada,
"Mãe, eu juro", na voz de Célia

Por trás da vidraça observo o movimento da rua, envolvida pela fina camada protetora que é para mim esta delicada cortina. Havia dias um calor custoso castigava a gente, mas a noite de ontem nasceu fria, úmida e resultou neste dia mal-encarado. Tem uma mocinha sentada há mais de três horas no banco da praça. Às vezes, leva as mãos ao rosto. Parece que chora. Eu gostaria de poder descer e perguntar se ela precisa de ajuda, mas infelizmente não posso. Então, torço para que nada de ruim esteja acontecendo. Nada que não tenha solução. O Hospital Central fica bem perto daqui e muita gente que avisto lá embaixo está indo ou voltando de lá. Passam levando alguém pela mão e, por vezes, retornam de braços vazios. A mocinha se levantou e agora caminha apressada. Deve estar atrasada para um importante compromisso. O cachecol amarelo voa atrás dela. É o mesmo tom amarelo das bandeirolas de São João que dançavam embaladas ao vento daquela noite de junho. Não esqueço.

Nos conhecemos numa quermesse na paróquia Bom Jesus Divino, em Morro Baixo, lá em fim de mundo. Eu tinha catorze anos e ele, vinte e dois. Eu já trabalhava como babá, sempre gostei de criança. Ele era servente numa obra. Paramos na mesma barraca. Pescaria. Ele alcançou um peixinho castanho, o de número 17. O prêmio era uma caixa de bombons, ofertada a mim com um sorriso. Aceitei encantada. Foi logo perguntando meu nome. Naquele dia, me levou pra casa, e, dois meses depois, me tirou dela. Fugimos para a capital.

Agora, quem passa lá embaixo é um rapaz alto e bastante magro. Chega a andar encurvado. Caminha sem pressa alguma, mãos nos bolsos, andar cansado. Certamente, ninguém o espera.

Ele tinha alguns contatos. Alugou um quartinho num bairro afastado do Centro, arranjou uns cacarecos. Começamos a vida. Era bom estar com ele. Muito melhor do que na minha casa, de onde o meu padrasto sempre me mandava ir embora, alegando que era mais uma boca pra ele alimentar.

Eu amava a nossa rotina. Limpava o quartinho, cozinhava, lavava as roupas. Ele arrumou trabalho numa fábrica de tintas. Em quatro meses descobri que estava grávida.

Vem uma criança de mais ou menos seis anos correndo agora. Creio que a mulher que tenta alcançá-la seja a avó. Pobre senhora. Perseguindo o menino, quase caiu de joelhos na calçada.

Ele detestou a ideia de ser pai. Brigou comigo, disse que a nossa vida ia virar um inferno e que a culpa era minha por não ter me cuidado. Eu não tinha feito de propósito, mas também não fizera nada pra impedir. E quando soube do resultado do teste no posto de saúde, me senti feliz, realizada.

Achei que ele ia sentir o mesmo. Conforme a barriga crescia, aumentava também a agressividade dele. Grávida, escorreguei na cozinha pela primeira vez. O braço direito ficou roxo. Fui proibida de ir ao médico até que os hematomas desaparecessem e acabei faltando a várias consultas do pré-natal. Ele passou a almoçar e jantar na rua e não trazia nada de comida para casa. Eu comprava alguma coisinha com o dinheiro dos bicos que fazia vendendo panos de prato com barrados de crochê, mas até isso tinha que fazer escondido. Não podia comer na frente dele nem comprar peças para o enxoval do nenê. Só podia ter roupinhas usadas, doadas por alguma boa alma. Se ele notasse qualquer coisa nova, gritava que algum macho andava me sustentando. Rasgou o macacãozinho que comprei para a saída da maternidade.

Ele agia de cara limpa. Não bebia, não fumava. Seu único vício era me torturar. Eu não entendia todo aquele ódio.

Não passa ninguém há quase cinco minutos. Rua deserta.

Meu filho nasceu com saúde, apesar de tudo. Se digo "meu", é porque não posso dizer "nosso". Um filho que ele rejeitou desde o princípio.

Quando a criança chegou, a coisa piorou ainda mais. Se ele me visse amamentando, mandava parar na hora. O menino chorava e ele berrava junto. Queria que eu fizesse o moleque ficar quieto sem oferecer o peito, e o choro era de fome. Eu não conseguia enfrentá-lo. Reagia tanto quanto uma samambaia de plástico reagiria. Ficava paralisada quando ele gritava. Só tinha um pouquinho de paz enquanto ele estava no trabalho.

Minha vizinha de porta corria pra me socorrer assim que ele virava as costas. Deus sempre ampara a gente de alguma maneira, e aquela vizinha era um anjo em minha vida. Me dava comida, dizia que não entendia como eu podia suportar aquela situação e que eu tinha que sumir no mundo com o menino. Sumir? Como?, eu me perguntava. Ir pra onde? Com que dinheiro? Além do mais, eu tinha uma ponta de esperança. Pensava que ele estava apenas passando por uma fase.

Passa um carro agora. Vermelho. Eu, se pudesse escolher, preferiria ter um carro azul.

Dez anos e três filhos mais tarde, recebi uma convocação para comparecer à escola dos meninos. A professora do meu menino do meio queria saber por que ele era tão calado e se urinava sempre que se sentia inseguro. Eu não disse nada, mas ela entendeu tudo. Me encaminhou para o serviço social. Fui a contragosto. Fui por ele. Não tinha vontade alguma de compartilhar minhas mágoas. Essa gente gosta de dar palpites na vida dos outros, mas na hora H é cada um por si, eu pensava. Me fechei. Disse que tudo estava muito bem e que as marcas no meu rosto eram resultado de um tombo. A assistente perguntou se ele era o pai biológico das crianças, já que nenhuma delas levava o nome dele no registro. Fiquei com vergonha, inventei uma desculpa qualquer. Lembrei o dia em que procurei o cartório na companhia da minha boa vizinha para registrar meu pequeno. Ele dizia que não ia dar nome a filho de perdida. Depois, me acostumei. Os outros dois, também registrei sozinha.

Vem uma dona engraçada caminhando. Mal pode com o cachorro que leva a passear numa coleira comprida. O cão vai lá adiante e é ele quem a puxa.

Eu me habituei de tal maneira àquela vida desgraçada que acabei amortecida. Já não gritava quando caía. Ou batia a cabeça no armário, tropeçava. Aguentava quieta para não alarmar a vizinhança. Aprendi a chorar por dentro. Mas um dia, depois de presenciar um dos acidentes domésticos, minha caçulinha começou a berrar apavorada e ele a ameaçou. Então, criei coragem e o enfrentei, mas ele era mais forte. Desviei a atenção dele, que estava sobre a menina, e acabei rolando da escada. Desmaiei. Acordei horas depois e vi as crianças sentadas num canto, olhinhos parados, caladas.

Estavam os três abraçados e a poça de urina em volta deles. Meu garoto não conseguia evitar. Ele havia saído, sei lá pra onde. Então, uma agonia grande me invadiu. Vergonha dos meus filhos, angústia.

Passei a mão numa sacola, guardei umas poucas peças de roupa e nossos documentos e parti com as crianças. Bati à porta da assistência e confesso que, até hoje, não me lembro de como consegui chegar lá. Sei apenas que não precisei dizer nada quando fui acolhida. Só chorei. Chorei todos os anos de silêncio, e era um choro confuso. Combinação de medo com raiva e frustração e vergonha. Levaram a gente para um abrigo. A assistente social nos acompanhou. Fomos de táxi. As crianças ficaram encantadas.

Era a primeira vez que entravam num carro. No abrigo nos deram comida e mostraram o quarto. Uma porção de camas. Algumas mulheres, suas crianças. Eu nunca tinha visto tantos olhos como os meus. Olhos tristes, muitos deles ainda roxos e inchados. De tantas quedas. Tantas. Dormi por umas doze horas. Um sono estafado, repleto de pesadelos. E se ele me descobrisse naquele lugar? Eu nunca tinha sentido uma dor tão grande. Nem quando caí pela primeira vez. Da cama. Nem na segunda, escada abaixo. Acabei desacordada. Ou quando, lá pela quadragésima quinta, um tombo me arrancou um dente. Nunca tinha doído tanto. Nada dói mais do que a constatação da derrota, a sensação de desmoronamento. Como se a vida fosse uma casa podre, arruinada, e alguém pendurasse nela a placa da condenação. Eu tinha que demolir as paredes, mas me faltava força para empunhar a ferramenta e dar o primeiro golpe. E eu tinha que derrubar tudo sozinha. Essa sensação de impotência foi a responsável por eu ter permanecido por mais de dez anos adiando o início da demolição.

Geralmente, depois de cada escorregão, topada, batida ou tropeço, ele sumia por umas horas. Depois aparecia com qualquer porcaria embrulhada pra presente e dizia que me amava. E que, se as coisas não iam bem entre nós, era por minha culpa. Ele tinha ciúmes do meu carinho pelos meninos, seus próprios filhos. Na verdade, acho que tinha inveja. Mas eu também havia oferecido a ele, ao menos no princípio, tanto amor, tanto cuidado. Às vezes eu sentia pena. Pensava que ele devia ser doente. Hoje, não sinto pena, nem raiva, nem nada.

Conheço pouca gente aqui no bairro, mas sei que aquela que vai passando na calçada é a esposa do tintureiro. Uma senhora muito simpática, atendeu-me com gentileza quando fui à tinturaria. Gentileza, simpatia. É tudo tão novo pra mim.

Sempre notei no olhar das pessoas a inevitável pergunta: Como? Como eu suportava? Como eu me submetia àquela rotina de humilhações? Era uma impotência absurda que me dominava. O pavor de reconhecer que, por mais que eu esperasse, ele nunca mudaria.

Em todo o nosso tempo de convivência, não pude sequer conseguir um trabalho pra auxiliar no sustento dos meninos. Ele sempre maldizia as crianças, mas preferia comprar alimentos para elas a me deixar sair pra trabalhar. Mas era tudo racionado e de terceira. Nunca um doce, um biscoito, um agradinho. Meus filhos passavam a pão e água, a não ser quando eu conseguia escapar do controle dele e oferecer um pequeno mimo, uma raridade. Eu pedia a eles que comessem tudo o que pudessem na escola e os pobrezinhos me obedeciam. Ele queria que eu permanecesse à disposição, pra cair sempre que ele achasse necessário, sem correr o risco de que alguém notasse.

Por que é que ele passou a me odiar tanto de repente e não amou nossos filhos, não sentiu orgulho deles? Por que me tirou de casa? Por que não me abandonou com os meninos no quartinho se seu ódio só aumentava? Sozinha, eu talvez tivesse tomado uma atitude, me levantado, ido à luta. Tenho que descobrir o que restou de aproveitável, juntar os pedaços e me refazer. Refleti sobre essas coisas durante a terapia em grupo, ouvindo outras companheiras no centro de acolhida. Um lugar que não tem placa, pra não levantar suspeitas. Esses refúgios precisam existir. Como se não existissem.

Fui transferida com as crianças para esta cidade onde moro agora. A assistente me disse que aqui estou segura. Mas ainda tenho medo. Ele sempre afirmou que se um dia eu fugisse, ele me encontraria e seria muito pior.

As crianças estudam e passam com uma psicóloga. Faz tempo que meu menino não faz xixi na cama, nem na roupa. De vez em quando ainda perde o controle, mas é raro. O mais velho se matriculou num curso, está aprendendo a lidar com computadores, e a menina... outro dia, ela disse que me ama.

Eu nunca registrei queixa. Olho para os meninos e não sei se algum dia poderão esquecer tudo o que viveram, se não guardarão sequelas. Sempre vou me lembrar dos comentários que ouvia de uns e outros lá no bairro: "Mulher de malandro só funciona na correção. O cara é boa-praça, gente fina com todo mundo. Essa vagabunda deve dar algum motivo pra tirar ele do sério. Em briga de marido e mulher, não se deve meter a colher, se ela atura é porque gosta". Eu não gostava, não, garanto!

Trabalho agora no oitavo andar deste edifício e de vez em quando me distraio espiando pela janela pra ver quem passa lá embaixo. É a casa de uma família, onde limpo, lavo, passo e cozinho. Acho que logo poderei deixar o novo abrigo e ter também uma casa só minha e dos meninos.

Quem passa pela rua agora é o vigia da noite, que chega bem cedo pra trocar o turno. Ele me olha de um jeito que me deixa encabulada. Outro dia, no elevador, notei que observava minhas mãos à procura de uma aliança e elogiou meu cabelo. Desconversei. Por enquanto, estou bem desconfiada.

Gosto da minha nova vida. No primeiro abrigo havia uma biblioteca e durante o tempo em que fiquei lá tomei gosto pela leitura. Quero ler um mundo de coisas, um jeito de viajar por muitos lugares sem tirar os pés do chão.

Tenho planos de voltar a estudar também e, quem sabe, ser professora. É claro que desejo amar e ser amada. A assistente, que agora é minha amiga, me disse que é bom ter cuidado, mas que nem todo mundo é igual e que eu não devo julgar a todos baseada no comportamento dele. Eu sei bem disso, mas, por enquanto, ainda tenho receio de abrir mais do que uma fresta na janela.

Pendência

Hoje somos folha morta,
metais em surdina,
fechada a cortina,
vazio o salão.

Arlindo Cruz, Luiz Carlos da Vila e
Sombrinha, "O show tem que continuar",
por Grupo Fundo de Quintal

Não notou que estava sendo observada. Noite quente, mesas
na calçada, samba comendo solto. Então, os olhos sombreados
de bronze que a admiravam chegaram muito perto. Ela assustou-se no começo. Os amigos entraram em alerta. Vai ver pediria um cigarro ou um copo de cerveja, mas ficaram atentos.
Os pés calçados em sandálias douradas de salto alto finíssimo
eram muito grandes e se tornaram ainda maiores quando esta-
cionaram pareados aos pequeninos escarpins vermelhos. Dentro do minitubo purpurinado, o corpo enorme abaixou-se devagar. As pernas recém-depiladas, lambuzadas de óleo acetinado,
flexionaram-se um pouco. Joelhos pontiagudos se destacaram.
Perfume marcante. As mãos lembravam leques muito negros
enfeitados de pontos coloridos. Pulseiras e mais pulseiras. Delicadamente, afastou a mecha que era uma espécie de cortina
encobrindo o ouvido-estrela e cochichou qualquer coisa que
fez Pequena sorrir, apesar do incômodo inicial. O rosto áspero
de pelos encravados roçou a carinha de papoula. Espectadores
se encheram de curiosidade e apreensão. Pequena ficou em pé
e a saia rodada se ajeitou no corpo. Rebateu a proposta sussur-
rada com outra pergunta:

— Você me conduz?

Os lábios que sopraram o convite se abriram feito mantas

tingidas de violeta. Surgiram dentes amarelos e a cabeça balançou afirmativamente.

Pequena entregou a bolsa a alguém da mesa. Mãos amparadas, levemente beijadas. Decalque violeta na pele doce de leite. De braços dados, caminharam para o centro da roda. Sofria a cuíca, batidas certeiras no surdão, vozes em laiá laiá. Posicionaram-se.

"... O teu choro já não toca meu bandolim ..."

Olhares focados, câmeras filmando toda aquela intimidade.

Continente regendo cidadela. Pernas emaranhadas num vaivém hábil, estreia de espetáculo ensaiado há muitas vidas. Rodopiavam. As sandálias riscavam o destino dos escarpins e a cinturica envolvida pelos leques se movimentava numa cadência precisa.

"Mas iremos achar o tom, um acorde com lindo som..."

Dos olhos sombreados rompeu-se um dique. Pequena gemeu.

"... e a gente vai ser feliz, olha nós outra vez no ar, o show tem que continuar..."

O coro seguiu indeciso para o desfecho, temendo que o mundo explodisse depois do último acorde. Inevitável. Silêncio. Abraço. Longo. Aplausos. Assustaram-se notando a plateia multiplicada. Riram, dedos entrelaçados. Tornaram à mesa. Despedida. Derradeira tatuagem violeta na mãozinha, fria agora.

Pendência antiga, quitada nessa existência.

Uma rua no passado

Minha?
Quem disse que ela foi minha?
Se fosse, seria a rainha
que sempre vinha
aos sonhos meus.

Cartola, "Minha"

Uma rua quase curta, em pico de morro. Uma ponta dava numa praça adoentada. Cardos, pedregulhos, solidão. A outra ponta desembocava numa avenida que morria de velha. Menisco desgastado, articulações rompidas.

Mas havia um atalho. Um escadão de seixo lodoso, tomado de capim-menino e de flores travessas, que alcançava a rua pela metade. Nunca fora banhado pelo sol.

Na fachada das casas, pintura descascada, portões enferrujados, muros baixos. Era silenciosa e deserta agora, mas fora habitada e musical, coalhada de mulheres defendendo filhos nas brigas de quadrado. Ao meio-dia, era repleta de aromas. Carne de panela, arroz, feijão, torresminho... De tarde, cheirava a café e canja fervendo a todo vapor. Em noite de verão, as crianças reinavam até bem tarde. A mulherada punha as cadeiras na calçada e a prosa em dia. Os homens discutiam futebol, entre tragadas nos cigarros marcantes e goladas em qualquer aperitivo. Falavam alto, gesticulavam, riam de maneira descomposta apesar dos dentes em falta, livres e de vocabulário reles, braços à mostra, vestidos em regata e calçando chinelas.

Na última casa, antes da pracinha, morava uma viúva. Era jovem ainda e alegre, apesar de tudo. Vivia apenas com seu cão, o Duque. Vira-lata endiabrado que corria atrás da meninada e delatava os esconderijos latindo doidamente, sem desconfiar que estava estragando a brincadeira. O marido partira antes que lhes chegassem filhos, mas ela ajudava a correr os olhos nos moleques e ralhava quando via que estavam em perigo. Cultivava rosas amarelas e vermelhas e o jardim parecia contente às vezes, mas em alguns momentos só de olhar pra ele dava vontade de chorar.

Os jovens, sobretudo os namorados, procuravam refúgio na praça, tentando escapar ao burburinho e, quem sabe, burlar a vigilância acirrada. Os olhares atentos das mães das moças casadouras, que fiscalizavam de longe o movimento dos casaizinhos para evitar falatórios, mas que, às vezes, fingiam não notar um ou outro deslize. Os rapazes subornavam os futuros cunhados, encarregados de vigiar as irmãs mais velhas que noivavam. Vez por outra, conseguiam roubar daquelas noivas, quase sempre morenas, robustas e manhosas, um beijo-relâmpago.

Mas quando fazia frio, não havia vivalma nas calçadas. As mães recolhiam as crias lá pelas cinco da tarde, os homens chegavam em seguida, travavam os portões e se encorujavam dentro de casa. As famílias engoliam refeições quentes e se recolhiam muito cedo. Nos fins de semana de junho, os homens armavam fogueiras e alguém se encarregava de organizar a lista de guloseimas. Uma grande mesa era armada e enfeitada com as travessas de gostosuras variadas. Improvisavam quadrilhas e barracas de brincadeiras com prêmios e tudo.

Nas noites de Natal, as crianças vestiam roupa nova e as portas se mantinham abertas. Os vizinhos trocavam visitas e cumprimentos, desejavam bons dias vindouros e esqueciam qualquer picuinha, pois já nascera o Deus menino para o bem de todos. E na passagem do ano, repetiam-se as gentilezas e as promessas.

Mas, agora, era invariavelmente silenciosa aquela rua.

Fantasmagórica. Sem sons, aromas, sem nada. As crianças cresceram. Casaram-se, partiram para outras cidades, estados, países, planetas. Os homens se aposentaram, migraram para os interiores ou para os litorais, levando as esposas grisalhas. Ou morreram.

Aos poucos, foi emudecendo. Os cadeados nos portões enferrujaram.

Os raros vivos que restavam se enclausuraram à espera do previsto e, quando eram obrigados a sair à rua, cobriam o rosto, evitando a claridade que já não lhes era íntima, tampouco confortável. Sentiam que andavam depressa, mas eram lentos, demoravam-se num marchar desengonçado, débil, enfraquecido. Adquiriam provisões suficientes para que pudessem passar novamente muito tempo reclusos em seus castelos de saudade.

Estive eu um dia incluído naquele cenário, no tempo em que a rua era uma intensa primavera. Corri com os amigos, brinquei com o cão Duque, vesti um traje novo no Natal. Passei de criança a moço e flertei com a menina mais bonita. Na pracinha, nos beijamos numa noite enluarada e a presenteei com o disco que continha a nossa canção. Dediquei-o: "Sempre teu!". Sonhei levá-la ao altar da pequena igreja e dar a ela uma casinha, filhos e filhas. Mas, de alguma maneira, nos separamos. Deixei-a a fim de castigá-la por um embaraço qualquer. Planejei retornar e tomá-la de volta, mas me perdi em algum descaminho e anos mais tarde, quando decidi regressar, soube que ela havia partido. Entregara a outro sua morenice e sua robustez, com outro se casou e a ele deu filhos e filhas. Para minha sorte, mudaram-se com a prole, poupando-me de assistir a tanta prosperidade. Parti novamente, fugindo de mim mesmo.

O tempo passou e decidi voltar. Queria respirar o ar daquelas bandas, fotografar mentalmente aquela paisagem. Embarquei num ônibus vindo de bem longe e na entrada do bairro comecei a relembrar. O escadão estava ainda mais lodoso. Quando cruzei a avenida, caminhei de uma ponta a outra apreciando tudo, comparando o antes e o agora, descobrindo as mudanças.

Nenhum rosto conhecido, apenas lembranças. Mas quando me aproximei do fim da rua e passei em frente à última casa antes da pracinha, qual não foi minha surpresa. Sentada em sua cadeira, repousava a viuvinha. Duque certamente já havia partido, mas ela, distraída, esquecera de morrer. Remoía sozinha, imóvel feito uma boneca estranha, enrugada, de cabelos brancos. Pensei em fazer uma pergunta qualquer, mas seus ouvidos deviam estar havia muito adormecidos. Os olhos cintilavam, revestidos de uma camada que os tornava nulos para qualquer coisa que não o passado que, como eu, ela devia rebuscar. Caminhei até a praça e tomei o velho banco. Estava de volta ao lugar de minha alegria onde, havia quase uma eternidade, dera o meu primeiro beijo.

Dia viável para passeio com roupa de primavera

Nunca se deve odiar,
nem desejar mal a ninguém,
seria bom a gente ver
todos vivendo muito bem,
juro por tudo que é sagrado,
jamais pensei em me vingar,
o que eu mais aprendi no mundo
foi viver, sofrer e perdoar.

Nelson Cavaquinho e Guilherme
de Brito, "Deus me fez assim",
na voz de Beth Carvalho

A Tonha levava a vida da maneira mais pacata que se pode imaginar.

Usava sempre a mesma roupinha surrada, o mesmo penteado, a mesma sandália rasteira. Na bolsa, desbotada e fora de moda, herança da patroa, apenas o documento, o dinheiro para a condução, um casaco, um guarda-chuva. Nunca um livro, jamais uma revista, nem sequer o resto de um batom. Na praça onde tomava o lotação todos os dias, misturavam-se os aromas que bailavam às narinas vindos das banquinhas de quitutes: sanduíche de pernil ao vinagrete, cachorro-quente, pastel fritinho na hora. Havia o carrinho dos churros, o tabuleiro das cocadas. Nunca se dava a nenhum luxo, nem nos dias de pagamento, quando geralmente o pessoal fazia a vontade do ventre. Nunca se aqueceu com pipoca ou amendoim quente no inverno, nem se aliviou com refresco no verão. Se, por motivo alheio à sua vontade, necessitasse de fato comer na rua, escolhia um pacote de biscoitos de polvilho, o menor e mais baratinho deles. Pensava que alimento devia ser desfrutado em casa, junto da família.

Trabalhou a vida inteira na mesma residência. Empregada de confiança, pontual e assídua. Nunca pediu um vale, um aumento, nada. Não cantarolava, nem era novidadeira, cozinhava um trivial bem temperadinho, moderado no sal e na gordura, e era muito discreta. Não se envolvia em mexericos com funcionários do edifício, não bebia, nem fumava. Os patrões sabiam pouco sobre ela. Apenas que morava com a mãe idosa, uma filha e uns sobrinhos na periferia da Zona Leste, num imóvel cedido pela COHAB-SP. Cidade Tiradentes, "bairro-dormitório", como diziam alguns, onde Judas perdeu as botas, um pedaço da metrópole onde filho chora e mãe não ouve. A trinta e cinco quilômetros do Marco Zero de São Paulo. Contemplada com a casa-embrião — dois cômodos cobertos com telha canetão —, quando a favela em que morava foi considerada área de risco para desmoronamento e os barracos foram interditados, tomou posse de seu pedaço de mundo. Quase todos os vizinhos transferidos na ocasião passaram a chave do imóvel pra frente por uma bagatela e migraram para outras favelas. Não se acostumaram com a vida distante do Centro, as conduções lotadas e demoradas. Mas a Tonha estava apaixonada pela casinha de alvenaria com porta e janela. Quando chegou a primeira conta de luz, ficou eufórica. Pouco lia, mas sabia que seu nome estava escrito no papel. Era a proprietária. A vizinha, sentada na calçada malfeita, praguejou o alto custo da energia e disse que não ia pagar merda nenhuma. Mas a Tonha tinha seu orgulho, ia honrar seu compromisso com o pagamento das tarifas. Passaria a pão com banana, mas o caminhão do corte nunca bateria à sua porta.

Planejou reformar a casinha. Terreno bom. Dava pra um sobradinho e mais um quarto e cozinha pra aluguel. Então, obstinada na ideia de transformar o sonho em realidade, ela, que já não tinha muita vaidade, fechou os olhos pra tudo e seguiu em frente, focada em seu objetivo. Do ordenado minguado, uma parte era separada para o pagamento das contas mensais e da alimentação, e o que restava era poupado para a aplicação na futura reforma.

Sustentava a mãe, a filha e os quatro sobrinhos, filhos de uma irmã que havia caído no mundo atrás de um homem que não valia nada, e não dera mais notícias. A mãe dizia que a Nenzinha tinha levado um tombo de rede quando era pequena e ficado meio pancada. Largar os meninos assim... Que pecado. Um filho de cada pai. A Nenzinha nunca tivera juízo. A Tonha também era mãe solteira, mas só teve uma filha. Depois que o maldito filho do seu Colodino desgraçou sua virtude e não reparou o malfeito, ela não pegou paixão por mais ninguém. Batizou a menina de Rosemere, nome de gente importante, e sonhava com um futuro digno para ela. A mãe repetia que era bobagem da Tonha pensar nessas coisas, e que gente pobre e preta só serve pra serviço braçal. Mas ela acreditava que a Rosemere podia ser professora ou até mesmo enfermeira, e usar aquele jaleco branquinho, como as moças que trabalhavam no posto de saúde.

As novidades variavam nas vitrines, coloriam, desbotavam. Vieram os balonês, os decotes, os lilases, as cigarretes. Entrava e saía moda, mas a Tonha não ligava pra essas coisas. Suas lojas preferidas eram as de material de construção e seu sonho de consumo, em vez de uma blusa ou um calçado, era uma caixa-d'água, um milheiro de blocos ou um saco de cimento.

Mas um dia, passando em frente de uma vitrine, a Tonha, sempre tão distraída dessas coisas, pôs os olhos num vestido florido em roxo e amarelo, acinturado e com saia rodada, exposto em uma butique numa ruazinha escondida perto do trabalho. Era bonito demais. Devia custar uma fortuna. Nem quis perguntar o preço, foi embora sem olhar pra trás. Mas, no dia seguinte, lá estava a Tonha, sem saber como havia ido parar ali, namorando o tal vestido. A vendedora notou que ela admirava a peça na vitrine e, com um sorriso forçado, foi logo dizendo o preço do mimo. A Tonha pensou um pouquinho e se viu passeando numa tarde de domingo, vestida de primavera. Naquele momento, passeios não eram viáveis, mas algum dia... Algum dia terminariam as preocupações, os problemas com a construção, os gastos com as crianças... Devia ou não devia? Sem provar nem nada, mandou embrulhar.

Dentro da bolsa, embalado em papel de seda, o vestido parecia pegar fogo. Refletindo sobre o que havia feito, já dentro do ônibus, ela ficou pensando se seria possível devolvê-lo na manhã seguinte. Que ideia insensata aquela, de investir tanto dinheiro num pedaço de pano inútil! Dinheiro que daria pra comprar areia e pedra. A face queimou. Esconderia da mãe aquela pequena loucura e o devolveria no dia seguinte. Mas, à noitinha, quando se deitou, matutando sobre o caso, veio-lhe a razão. Com que cara chegaria à loja exigindo seu dinheiro de volta? Entrara por sua livre e espontânea vontade e ninguém a havia forçado a ficar com a peça. Conformou-se. Pendurou o vestido num cabide no fundo do armário, debaixo de um antigo casaco, e esqueceu o ocorrido.

Nos meses que se seguiram, mergulhou profundamente em seu alvo. Acumulou uma boa porção de material e iniciou a obra. Duas ou três vezes ficou no prejuízo. Um pedreiro encheu a cara de cachaça durante a empreita em pleno meio-dia e ergueu uma parede embarrigada. Ela chorou feito criança. Outro passou a mão em cinco sacos de cimento e engrupiu uma parte dos tijolos. O safado encostou uma caminhonete caindo aos pedaços na porta da Tonha, carregou com o que não lhe pertencia e se mandou. A mãezinha, que era a guardiã dos tesouros e passava os dias a vigiar os materiais, andava acamada por causa de uma gripe e não viu nada.

A criançada estava na escola. Mas dessa vez Tonha não chorou. Nem deu tempo. A vizinha assistira à operação por trás da janela e a notícia de que a Tonha havia sido vítima daquela crocodilagem se espalhou. Nas redondezas, os mandachuvas desaprovaram o comportamento do canalha e foram tirar satisfação. O salafrário tentou negar o ocorrido, mas o pessoal foi à forra.

Invadiram o quintal e ele não teve como explicar o material desviado em seu poder. Aplicaram uma sova no cretino, cobraram a dívida e deram dois dias pra ele sumir da vizinhança. A Tonha não sabia que era considerada pela rapaziada. Mulher de respeito, trabalhadeira, chefe de família. No que fosse possível, seria sempre amparada em sua quebrada.

Passaram-se dois, três anos e a Tonha conseguiu erguer muro, colocar portão e bater laje. Transformou o embrião numa casa com sala, cozinha e dois quartos. Em um deles, dormia com a mãe e a Rosemere, e no outro instalou os sobrinhos. Guga, o mais velho, era danado que só ele, vivia metido em encrenca. Ia fazer quinze anos. Não tinha sossego, botava os olhos nas meninas e, um dia, se engraçou com a filha do Chico borracheiro. A pequena tinha uns onze anos. O Chico pediu licença para a Tonha e deu uma carreira das boas no esperto. Tinha o Dadá, o segundo mais velho, que o povo dizia que era mulherzinha. A Tonha não permitia que judiassem do bichinho, um menino amável, bom que só vendo. Ajudava nos serviços de casa e nos cuidados com a avó, era estudioso e tinha mais capricho com as tarefas do que a Rosemere. Se era mesmo afeminado, conforme dizia a língua do povo, paciência. Ela é que não ia julgar. Depois vinha o Binho, peste, atentado, de dar nó em pingo d'água. Miúdo e magricela, aos doze anos aparentava ser muito mais novo. Mas era magro de ruindade, como costumava dizer vovó Cosmina. Comia por três. Por fim vinha o Duduca, o caçula e o mais bonito. Nego-aço, cabelo amarelo, olhos verdes traiçoeiros. A Rosemere tinha a idade do mais velho e logo começou a dar trabalho, enrabichada ora com um, ora com outro capiau. Virou desgosto pra Tonha, que sonhava um futuro bom para ela.

Rosemere, infelizmente, não era amiga dos estudos. Mas o futuro de cada um a Deus pertence, e a Tonha, com o tempo, largou mão de planejar a vida da filha.

Com o dinheiro que começou a sobrar na carteira com o fim da construção, passou a fazer boa feira e a gastar no açougue. Comprava as frutas que tinha vontade, linguiças, bistecas, costela... Também queijo, goiabada, marrom-glacê. Chegava do trabalho ainda pela tarde sempre com um embrulhinho, e d. Cosmina, apesar de adoentada, fazia questão de preparar a refeição. Tinha que ser supervisionada, mas não abria mão de chefiar sua cozinha.

Os dias foram ficando mais suaves, depois de tantos anos na labuta, no madrugar, no trem lotado. Em pé, apertada nos ônibus, desajeitada, desconfortável. Pernas doloridas, inchadas por causa da jornada. Tanque, pia, panelas, ferro de passar, nunca reclamava. Sempre contente, com seu sorriso tímido, falhado. A rotina continuava a mesma, mas, quando chegava do trabalho, desfrutava o verdadeiro descanso em sua casa própria, ao lado da mãezinha desdentada, que sorvia a refeição noturna sofregamente e chupava por muito tempo o seu pedaço de carne, até que, sugado todo o sumo, desprezava a massa esbranquiçada, que já não podia engolir por causa da dificuldade de mastigação. A Tonha ria, satisfeita por ver a mãe entretida com seu alimento. Tanta fome passara neste mundo, segundo seus relatos. Agora, todos os dias recebia o bom e grosso caldo de feijão, a porção de farinha, o naco de mistura. E glorificava a Deus pelo pão que os meninos buscavam todas as manhãs, pela margarina que era idêntica à que via na televisão entre os comerciais da novela e que ela utilizava com exagerada parcimônia, pelo café e o leite, agora sempre presentes à mesa. Em seu íntimo, a velha achava que havia enriquecido naqueles seus últimos dias. Diante das fatias de mortadela sabatinas, consigo mesma pensava: Quanto luxo!

Os sábados eram os dias que a Tonha dedicava ao trato da casa. Meias e cuecas de moleque enchendo os varais instalados sobre a laje. Fazia com que a mãe se sentasse ao sol em sua cadeirinha de balanço trançada, adquirida em suaves prestações de um mascate de porta, arejava a casa, regava as plantas nos vasos improvisados, varria o quintal. Nos dias frios, não abria as janelas nem mexia com a velhinha. Mantinha-a no leito, sob protestos, pois a teimosa reclamava o direito de lidar na cozinha. Aos domingos, a Tonha pegava a sacola e rumava para a feira. Provisões para a semana. Depois, preparava um almoço caprichado: macarrão, galinha, batatas com maionese e refrigerante para a molecada. D. Cosmina bebericava um tantinho da estrambólica bebida e ria por causa das bolhas que estouravam molhando o nariz, mas em seguida recolhia-se, preocupada com tanta fartura. As lembranças dos tempos de fome a torturavam e ela ralhava com a Tonha, repreendendo-a por ser tão displicente com a carteira.

Protestava dizendo que, em véspera de muito, o dia é de nada, mas por dentro se regozijava com tantas melhorias. E à noite, quando já estava recolhida e lhe serviam um caneco de chá fumegante e meia dúzia de bolachas doces, praguejava contra tanto desperdício, mas a verdade é que se alegrava com aqueles mimos e dormia feliz, embalada pela tranquilidade da qual desfrutava seu judiado estômago, agora sempre farto e aquecido. E agradecia a Deus pelo bom gênio daquela filha que lhe serviria de esteio em seus dias derradeiros e lhe fecharia os olhos quando fosse da vontade do Pai que ela partisse.

Mas houve um domingo em que a Tonha sentiu um mal-estar. Falta de apetite, leseira. Na manhã seguinte, notou a barriga meio inchada, mas não quis perder dia de serviço para ir ao médico. Contudo, o incômodo aumentava. E por toda a semana andou amuada, tomada pela fraqueza. Até que na sexta-feira, depois de terminar as tarefas, decidiu procurar o pronto-socorro.

Mas nem foi preciso tomar o ônibus. Tombou na porta do edifício. Logo ela, que não gostava de dar trabalho, nem de chamar atenção. O porteiro solicitou uma ambulância. Gente se aglomerou. A Tonha detestava aglomerações.

No hospital, começaram a investigação. Não demoraram a solucionar o caso. Câncer. No intestino. Estágio avançado. Nada mais a ser feito. Em quinze dias a Tonha partiu. Foi numa manhã de sábado. Ela tinha mania de deixar tudo pra ser resolvido no fim de semana. Dia útil era feito pra trabalhar, dizia.

D. Cosmina fechou os olhos, virou para o canto da cama e não disse uma palavra quando soube da notícia. A Rosemere foi chorar nos braços do namorado. A vizinha orientou os meninos: era preciso separar uma muda de roupa para o velório. Eles se olharam, indecisos. O Dadá tomou a frente. Vasculhou o armário em busca do casaco marrom e da saia cinzenta que a tia usava em ocasiões inusitadas. Debaixo do casaco, impassível, repousava o vestido florido. Bom menino, o Dadá. Foi ele quem arrumou o corpo para a despedida. Ajeitou os cabelos da Tonha com grampos, passou uma corzinha nos lábios escurecidos.

Muita gente compareceu à cerimônia. O patrão mandou uma coroa de flores. Os mandachuvas também.

O enterro aconteceu numa tarde ensolarada de domingo, dia viável para um passeio.

A Tonha, finalmente, usou seu vestido de primavera.

A Dita

*Minha cantiga
é a oração das rezadeiras,
é o canto das lavadeiras,
que eu sempre quis aprender.*

Toninho Nascimento e Romildo Bastos,
"Moeda", na voz de Clara Nunes

Quando eu conheci a Dita ela tinha uns treze anos. Era uma formosura só. Cinturinha de pilão, um sorriso lindo, lindo, magrinha que só vendo.

Em menos de um ano, carreguei a preta pro meu barraco. A família dela deu graças a Deus. Uma boca a menos. Então logo veio o primeiro menino. E em seguida os outros seis. Duas moças e cinco moleques. A Dita deu de mamar a todos eles, mesmo trabalhando para ajudar com as contas de casa. E com todo o sofrimento da vida, era bonita.

Um dia, cheguei em casa e não encontrei a Dita. Caiu a noite e nada dela aparecer. Chegou já na hora do jornal. Perguntei por onde andava e ela não me respondeu. Passou um tempo e aconteceu de novo. E outras vezes. Fiquei cabreiro. Onde andava a minha Dita naquelas saídas misteriosas?

"Arranjou outro nego", pensei. "Não me quer mais."

Resolvi ficar na espreita. Uma tarde, saí mais cedo do trabalho. Disse que estava com dor de estômago e o patrão me deu permissão pra ir embora. Encontrei o barraco vazio, a tampa do fogão abaixada, com o vaso e a toalhinha em cima, um bolo de fubá descansando na mesa. Sentei no tambor no canto da cozinha e fiquei matutando até que ela abriu a porta. De vestido florido, sandálias de dedo e cabelo esticado. Assustou-se quando me viu parado feito um dois de paus.

— Onde é que tu andava, Dita?

Ela me olhou espantada, abriu um sorriso e pude ver todos os dentes em sua boca.

A Dita de dentadura. A boca todinha preenchida agora. Perdeu os dentes tão cedo, a pobrezinha. Eu insistia com ela:

— Bota os dente, nega!

A danada sempre dava uma desculpa. Tempos antes, até que eu lhe dava razão. A criançada pequena pra gente alimentar, o aluguel do cômodo, não sobrava um tostão. Mas agora a vida ia bem. A Dita lavando e passando pra fora e eu fixo no posto de gasolina. O Washington de pacoteiro no supermercado, o Lincon ajudando, vendendo água no farol. Os meninos são alegres, trabalham, mas gostam de estudar. Senti uma mistura de felicidade e alívio. Minha preta ficou ainda mais bonita. De repente, enxerguei minha Dita com treze anos de novo, sorrindo pra mim daquele jeito dela.

— Ô nega… você me assustou.

Agarrei a Dita pelas cadeiras e dei nela um beijo de novela. A boca que era macia pela falta dos dentes estava agora desajeitada por causa da novidade. Mas foi um beijo bom, com gosto de esperança.

Izildinha

Bandeira branca, amor,
não posso mais,
pela saudade
que me invade eu peço paz.

Max Nunes e Laércio Alves, "Bandeira
branca", na voz de Dalva de Oliveira

Mãe levantava cedo até em dia de sábado. Dizia que a cama a expulsava, velha lamentação de dor nas costas. Pai se chateava. Tinha investido uma fortuna no colchão novo, comprado à prestação. Do meu casulinho eu ouvia os passos dela no corredor. Silêncio a deixava inquieta. Não fosse a gente pedir logo na sexta-feira e, de manhãzinha, já saía batendo porta, levantando as cortinas, ligando a televisão pra saber se chovia no fim da tarde, que se não chovesse ia botar a roupa de cama pra lavar. Nós a alertávamos: mãe, vê se sossega amanhã, porque a gente levanta cedo todo dia. Fim de semana não tem nada de mais em esticar um pouquinho. Ela descia a escada devagar e Izildinha a acompanhava, se enroscando pelas pernas dela. Os degraus, irregulares, também eram assunto de constante reclamação:

— Ô pessoa incompetente a que construiu esta escada!

Meu pai nunca concordou em ter gato em casa. Cachorro, sim. Bicho de Deus, companheiro. Mas gato, não, que é ardiloso e vive de interesse. A gente, então, tinha o Fantoche, um cachorrinho preto, melado que era um exagero, muito grato de receber guarida. Pra dizer a verdade, o Fantoche era meu. Trouxe quando vim de passar férias em casa dos tios em Lavandisca. Fiz birra, jurei que sem o cãozinho não voltava. Pai fazia questão de passar na minha cara que eu é que tinha que dar conta da alimentação e da limpeza do bicho. Só que eu fazia tudo no meu tempo e geralmente, quando me levantava, pai já tinha varrido a área e botado água fresca e comida pra ele.

Quando eu apareci em casa com a gatinha amarela foi uma desgraceira. Pai repetiu a cartilha de que gato em casa não era bem-vindo. Expliquei que a estadia da pobrezinha era provisória, que a tinha encontrado em perigo de morte, abandonada perto da avenida. Precisava arranjar uma casa onde a quisessem. A mãe, no começo, nem tico, nem taco. Olhou pra coisinha encolhida no meu colo e só fez perguntar o que é que aquilo comia.

Levei a enjeitada para o meu quarto. Chamar de quarto era bondade minha, eu dizia casulinho, porque lá dentro eu mal me mexia, mas queria evitar desavença e encontros entre pai e a malquista. De noite, mesmo sofrendo com o calor, fechei a janela temendo fuga e botei a amarela na cama.

Na manhã de domingo, acordei como sempre perto das dez horas e, depois de me espreguiçar um tempão, lembrei da gatinha e dei conta de que não estava na cama. Calafrio. Se ela aprontasse arte, pai me esfolava. Corri descalça pela casa, ainda de camisola. Nada da amarela. Pensei: pai já arranjou lar para ela na vizinhança ou botou a infeliz na rua da amargura. Mas, na cozinha, topei com mãe acariciando a cabecinha russa que, de olhos fechados, bebia leite num pires do jogo de porcelana do casamento. Mãe me olhou meio sem jeito e disse que era judiação desiludir a gata, que, decerto, já contava ser aquela a sua casa. E que eu deixasse a pequena por uns tempos, pra ver no que é que dava. A gente ia levando.

Pai se retorceu quando soube da decisão da mãe de hospedar a gata.

Logo ela, desautorizando sua palavra de não permitir essa raça em nossa casa? Pois não era combinado desde que se casaram que gato era coisa que ele não admitia? Mãe ressabiou. Fiquei acanhada por ser o pomo da discórdia. A gata roçava o calcanhar de pai, querendo fazer amizade. Eu queria que ela se tocasse e sumisse de perto dele, mas ela parecia notar que ele não ia com sua fuça e queria provar que dobrava o homem. Mas pai não podia ver mãe em desalinho. Percebeu chateação nela e me chamou de canto:

— Arranja logo fim pra essa gata. Não quero que sua mãe se aborreça quando a peste sujar a casa ou destruir qualquer coisa.

Só que mãe não se aborrecia. De manhã, conversava com a gatinha como quem fala ao telefone. A gente chegava pro rápido café de antes da partida, uns pra escola outros pro trabalho, e lá estava a gata sentada na cadeira, ouvindo mãe taramelar. Pai não queria crer que mãe ia com a fachada da sujeita e bufava pra dentro, temeroso de estragar o sossego. Daí um belo dia mãe batizou a gata de Izilda. Pai não se conformava, mas não tinha jeito de tirar da mãe o brinquedo que a deixava tão alegrinha. Mãe era irritadiça que só vendo, não aturava desaforo. Mas com Izildinha era só gentileza:

— Izilda não dá um pingo de trabalho — elogiava. — Enterra as porcarias no quintal e se limpa três vezes ao dia. Quem dera meus próprios filhos fossem tão educados.

Um dia, flagrei pai admirando um afago que mãe aplicava na barriga de Izildinha.

— Tua mãe gosta da gata. Eu não falo mais nada.

Pai tolerava o cigarrinho noturno de mãe no banheiro de fora, contornava os dias em que ela o ofendia, atingida pela confusão hormonal, e fazia vista grossa para a obsessão dela pelas revistas que se espalhavam pela casa inteira. Lembro o dia em que ela chegou do salão de beleza com os cabelos aparados à altura da orelha, imitando o corte que saiu num semanário. Pai ficou amuado por uns bons dias. Ia pra rua e não dava satisfação, solitário, cão de cemitério. Voltava tarde da noite, cheirando à cachacinha, olho miúdo. Não levou muito tempo e veio com um presente. Um par de brinquinhos de pedra vermelha. Botou o embrulho na palma da mão dela e pediu com humildade:

— O corte não ficou feio, mas eu preferia comprido. Já experimentou, agora deixa voltar como era, viu?

Partia sempre da janela do pai a bandeira branca e ele consentiu a presença da gata. Na minha lembrança, o quadro ficou registrado: de tardezinha, mãe e pai tomando a fresca na varanda. Izildinha no meio dos dois.

Didi

Até que um dia eu tive que largar o estudo,
e trabalhar na rua sustentando tudo
assim, sem perceber, eu era adulto já.

João Nogueira e Paulo César Pinheiro,
"Espelho", na voz de João Nogueira

Didi puxava o carrinho com o botijão vazio pela ladeira, em direção ao depósito. As canelas finas e russas se mexiam depressa. Compenetrado, carregava o dinheiro no bolso, embrulhado num pedaço de papel. Ultimamente, não há ética e ele redobrou a atenção. Vai que um atrasa-lado do inferno o enquadrava pra tomar a grana na mão grande? Quem sabe, até o botijão.

A avó ficou aflita quando os fundos das panelas começaram a escurecer. Iniciou a cantilena de todos os meses, prometendo que, um dia, ainda ia ter dois botijões. Um de uso e o outro cheio, na reserva, pra acabar com aquele sofrimento de ter que sair na carreira quando a chama morria. Planejamento antigo.

Didi remoía. As economias que estava guardando pra comprar um boné, tiveram que complementar o valor incompleto de que a avó dispunha pra comprar o gás. Fazer o quê?

Foi um custo convencer o vizinho a emprestar o carrinho. A avó mandou bater na casa do suposto camarada, serrador frequente de um punhado de coentro do canteirinho dela, um tanto de mentruz, um chuchu, um mamãozinho verde. A avó o socorria direto, na precisão. E o véio, na hora de chegar junto e retribuir, se faz de rogado, amarra a cara. Nem é maldade, não. É pra valorizar o favor e se sentir um pouquinho importante. Didi já notou que os velhos têm apego aos seus tesouros. Carrinho de puxar volume, escada, mangueira, guarda-chuva. Sacola grande de feira, ferramenta. A avó mesmo, tem uma enxada estimada, que não gosta de emprestar. Ela resmunga, protesta, mas acaba cedendo. Didi pediu o carrinho na humildade, certo de que ouviria a irritante recomendação:

— Tem dois vês. Vai e volta!

Ensaiou mandar o véio socar o carrinho no nariz. Mas, como bem diz a avó, dor de barriga não dá só uma vez. É preciso gastar a paciência. Usar de compostura.

— Pode deixar que eu trago direitinho. Ainda hoje!

Didi sonhava, enquanto subia a ladeira. Arquitetava um jeito de descolar um botijão reserva. E um carrinho zerado, pra esfregar na fuça do véio. Um rádio novo, que o da vó já não andava prestando. Parece que falhava de propósito, na melhor parte da música. Uma sorte tocar Elza no programa da manhã, e a porcaria do rádio fazendo graça. A voz esganiçada da vó perseguia a melodia. Você tá sabendo que o Zeca morreu, por causa de brigas que teve com a lei...

Os sonhos de Didi eram pivetes, ainda. O irmãozinho não conseguia ouvir os desafinos da avó. Nem a belezura da voz de Elza, os resmungos do vizinho. Doía. O médico do postinho explicou que existe um aparelho. Uma espécie de maquininha, que podia ajudar o irmão. Não a escutar como a maioria das pessoas, mas seria de grande auxílio. Foi desse jeito que o doutor falou. Didi acompanhou a avó e o irmão no dia da avaliação. Prestou bastante atenção. O irmãozinho está na fila, aguardando vaga. E dependendo do que disser o especialista, pode ser que o pequeno consiga um desses aparelhos, que custa muito caro. Desde o dia da consulta, Didi sonha com a tal maquininha. Em ter dinheiro pra poder comprar uma. O irmãozinho é firmeza. Além de frequentar a escola, vai duas vezes por semana a um centro de atenção especial, onde aprende a linguagem de sinais. O centro fica longe de casa, mas a avó não se intimida. Acorda cedinho e põe o pé na estrada, arrastando o pequenino. Didi procura aprender os sinais também. Pra conseguir conversar com o mano, que é esperto toda vida.

Na descida, em vez de puxar o carrinho, Didi o conduzia à sua frente, equilibrando com cuidado. Vai que o botijão escapava e rolava ladeira abaixo. Aquele carrinho capenga do véio... Precisava andar devagarinho. A avó aguardava no portão.

— Ave-Maria! Demorou!

Didi levantou a sobrancelha, contrariado. Um sacrifício danado e ainda reclamação? Da próxima vez não ia. Queria ver só como a vó se virava. Mas o pensamento não vingou nem dois minutos. Ia sim, é claro que ia. A avó sempre dizia a mesma coisa. Assim como o vizinho. Os velhos têm umas frases feitas, aplicadas nas mesmas ocasiões. Parece que nem pensam pra falar. Que elas saem sozinhas da boca.

— O depósito tava cheio, vó!

— Ah! Quedê o troco?

— Não tem.

— Como é que não tem?

— O gás aumentou. O homem deu até a nota com o preço.

Didi teve pena da avó. O dinheiro que ela tinha nem era o valor completo, como é que esperava troco? Na certa, queria adquirir qualquer coisinha na feira com um caraminguá que restasse. Ficou para o mês seguinte o pagamento da prestação do conjunto de panelas adquirido com o Corneteiro. Freguesa antiga que era, nem deu muita explicação. Corneteiro ganha um sem conta em cima dos produtos, que repassa pelo triplo do preço. Dessa maneira, precisa ser cordial com a freguesia. E não fosse ele pensando que ia receber duas parcelas acumuladas, não. Tirasse o cavalinho da chuva. Também não deu pra comprar a tinta que a menina da costureira prometeu aplicar em seu cabelo na camaradagem.

Uma dona conhecida que passava em direção à casa da benzedeira parou pra cumprimentar e ofereceu ajuda para a instalação.

Didi supervisionou o trabalho, atento a cada detalhe. Foi ligeiro buscar a bucha melecada de sabão para o teste do vazamento, pensando que, da próxima vez, ele mesmo ia instalar aquela joça. Como fazia o irmão mais velho, em dois tempos. Mas o irmão seguia apreendido. Vacilou. Fez a avó chorar.

Didi procura dar bom exemplo ao pequenininho. E um pouco de alegria para a avó que, bem ou mal, segurou as pontas na ausência dos pais deles. Evitou que precisassem ir para um abrigo.

— Olha aí. Não está escapando, não, d. Zezé.

— Graças a Deus! Obrigada pela ajuda, Sá Narinha. Dê lembranças à sua irmã!

— Pode deixar!

A avó pôs logo a frigideira no fogo. Mexer um ovo pra Didi engolir antes de se enfiar na padaria, onde fazia bico a troco de pão amanhecido e gorjeta.

— Anda, Didi! Devolve o carrinho, enquanto ajeito aqui! E volta ligeiro pra almoçar.

A avó não dava um tempo. Mas, ela bem tinha razão. Melhor dever ao diabo que pro véio.

Vó

Vou-me embora desse mundo de ilusão,
quem me vê sorrir não há de me ver chorar.

Paulinho da Viola, "Na linha do
mar", na voz de Clara Nunes

Minhas lembranças são repletas dela. Um gorro ou lenço protegendo a cabeça constantemente, óculos adquiridos quando a visão já estava havia muito debilitada, roupas simples, meia dúzia de peças que se repetiam: uma saia coral, o casaco verde puído, o mesclado, um pouco mais grosso para dias frios, e um ou outro vestido, coisas de segunda mão. Na verdade, possuía inúmeras peças herdadas sabe-se lá de quem, mas eram quase sempre coisas esdrúxulas, inúteis, que alguém não tinha coragem de jogar no lixo e acabava doando. Ela aceitava tudo de bom grado, carregava o peso para casa e analisava cuidadosamente. Ria da cafonice das filhas das patroas. Tão ricas e cheias de mau gosto. Muito embora quase nada pudesse ser aproveitado, ela acomodava as aquisições no velho guarda-roupa e, quando resolvia organizá-lo, jogava a montanha de velharias no chão do quartinho e alimentava um inventário mental.

Dizia que a moda vai e vem. E que, se recusasse as inutilidades, como poderia ser contemplada com coisas úteis oportunamente? Bancasse a orgulhosa e deixariam de lhe oferecer doações. No meio das esquisitices, por vezes salvava-se alguma coisa.

Eu era a maior beneficiada no dia da arrumação. Vestia saias espalhafatosas, usava perucas, óculos, chapéus. Punha um disco no vitrolão e imitava minhas cantoras favoritas.

Morávamos numa casa muito simples, um quarto e cozinha sem banheiro, chão de assoalho rebentado, sobre um porão inutilizado pelo senhorio, de onde os ratos saíam e nos desejavam bom dia. Convivíamos com os bichos pacificamente, pois já havíamos desistido de exterminá-los. Vez por outra, quando eles abusavam, ela armava ratoeiras e apanhava um ou dois filhotes. Então eles sumiam por algum tempo, talvez por causa do luto, mas logo esqueciam o ocorrido e voltavam a transitar por ali alegremente.

Adotávamos gatos vagabundos aos montes, mas eles quase sempre se tornavam bons camaradas dos intrusos e viviam em acordo. Os gatos se fingiam de mortos, afinal, recebiam alimento. Pra que iam se aborrecer?

Ela preparava a melhor comida do meu mundo. Podia ser um frango ensopado ou o tradicional ovo mexido com arroz. Eu achava que aquela frigideira de arroz com um ovo quebrado dentro que ela misturava exaustivamente era uma receita especial, de família. Só depois, quando cresci, é que me dei conta de que, se só havia um ovo, aquela era a melhor maneira de dividi-lo. Eu gostava bastante e até ficava feliz quando era esse o prato do dia. Crianças...

Eu a acompanhava ao trabalho todos os dias. Nesse tempo, ela prestava serviços como empregada doméstica para um casal sem filhos. Era um apartamento lindinho e tinha TV em cores. Eu tinha permissão para assistir a desenhos animados e ficava imóvel até a hora de ir ao pré-escolar. Era quando ela arrancava o avental e saía me puxando escada abaixo.

Então descíamos da Lins até a Jafet, correndo como quem rouba. Ainda assim, eu me divertia muito durante o trajeto. Contava carros, cumprimentava os cachorros nos quintais, admirava os outdoors... E quando chegávamos perto da igreja de santa Cândida, eu disparava e me escondia. Quando ela se aproximava, eu pulava na sua frente e ela, bondosamente, fingia-se assustada.

Eu era a primeira a chegar ao prezinho e a última a ir embora. Aguardava calmamente sentada ao lado do vigia, até que ela apontasse no portão, um tanto desconcertada por causa do atraso. Eu sabia que ela vinha andando de bem longe, cansada pelo dia de trabalho, e imaginava: agora deve estar descendo a ladeira, agora passando em frente à igreja, deve estar prestes a tocar a campainha. E quando ela chegava, seu Jota avisava tia Cida, a boa servente que ficava até mais tarde esperando que ela viesse me buscar. As duas trocavam amabilidades. Tia Cida fazia sempre o mesmo comentário:

— Ah... eu estava quase desistindo de esperar... ia levar a menina comigo pra casa...

Ela meneava a cabeça e respondia:

— Minhas pernas já não funcionam como antes. Tenho andado cada vez mais devagar.

Quando já estávamos a certa distância do parque infantil, ela retirava um embrulho da sacola e me presenteava como que para me recompensar por toda aquela espera. Uma banana, um pão com ovo, eu sempre ganhava uma guloseima que ajudava a tapear o estômago até a hora do jantar.

Impossível saber quantas vezes percorremos aquele trajeto, quantos dos nossos passos pisaram aquele chão. Às vezes, quando chovia demais, o rio transbordava e a água chegava aos joelhos dela e à minha cintura. Ela segurava minha mão com firmeza e atravessávamos juntas a correnteza.

Hoje, recordando, visualizo seu semblante obstinado, preocupada em me manter em segurança, mas confesso que naquela época eu não me dava conta do perigo que corríamos e considerava aquela uma aventura divertida. Crianças...

Quando finalmente conseguíamos chegar em casa, ela preparava um banho de bacia, pois o banheiro coletivo do quintal era um tanto afastado.

— Não vale a pena tomar banho de chuveiro e apanhar friagem caminhando até aqui — dizia. E retirava os penicos de debaixo da cama. Eu já sabia que não botaríamos mais o nariz pra fora até o dia seguinte.

Ela começava a aprontar qualquer coisa para a janta, até que o locutor da rádio anunciava *A Hora da Ave-Maria*, às seis da tarde. Nesse momento, ela fazia o mundo parar. Desligava o fogo do caldo, punha um copo de água perto do rádio e me chamava para junto dela. Rezávamos contritas com o homem do vozeirão. "... Onde houver tristeza, que eu leve alegria, onde houver ódio, que eu leve o amor, onde houver discórdia, que eu leve a união..." Ao fim do ritual, bebíamos um pouco da água benta e nos sentíamos protegidas de todo o mal, amém. Então eu tinha permissão para ligar a TV a fim de que a válvula se aquecesse a tempo de acompanharmos o noticiário das oito e as novelas. Era um aparelho em preto e branco, a imagem quase sempre aparecia distorcida, o som era cortado por ruídos e chiados, mas essas coisas eu só noto hoje, olhando minhas lembranças. Naquele tempo, eu achava tudo perfeito e dava graças a Deus por ela não se importar com o aviso de censura classificativa que indicava que eu não tinha idade para ver novelas.

Antes de dormir, ela sempre dava uma pitadinha no velho cachimbo. O cheiro do fumo de corda era delicioso. Ela me chamava e soltava grandes baforadas de fumaça no meu pescoço.

— É pra espantar o mau-olhado — explicava. Mas a fumaça do cachimbo tinha outras milhares de aplicações: febre, dor de dente, má-criação de menino, marido avoado... Quase tudo era motivo para cachimbadas e algumas pessoas da vizinhança a procuravam pedindo o auxílio do cachimbo.

Tínhamos os fins de semana livres. Aos sábados, abríamos a tampa do vitrolão, doado por uma antiga patroa, separávamos os discos que iríamos ouvir, cantávamos e dançávamos, louquinhas. Aos domingos, quando não visitávamos os parentes, íamos à feira pela manhã e ao Museu do Ipiranga à tarde. Sentávamos no gramado e olhávamos o céu longamente. Uma vez, contratamos os serviços do fotógrafo que ficava de plantão e tiramos um retratinho em monóculo. Espetacular.

Ela tinha uma fé inabalável. Frequentava um centro espírita às sextas, salvo às Sextas-Feiras Santas, quando visitávamos o corpo de Nosso Senhor morto, na igreja do bairro. Assistia às missas em datas comemorativas e mantinha acordos de devoção com uma ou outra entidade. Tinha um pequeno altar na cozinha e, atrás da porta, um vaso com uma espada-de-são-jorge e um copinho com aguardente. Dizia que era para um amigo. Eu não me importava nem questionava nada. Limitava-me a acompanhá-la a todos os lugares e auxiliá-la no que fosse necessário, afinal, ela devia saber o que estava fazendo.

Na época em que ela começou a adoecer de fato, as mãos foram totalmente tomadas pelo reumatismo e já não se abriam. As articulações incharam muito e a aliança que ela usava ficou presa no dedo, já não passava pelas juntas nodosas. Foi quando adotou definitivamente o uso de panos de cabeça. Costumava dizer que para domar cabelo de nego necessitava vigor e que o reumatismo a impedia de erguer os braços e ajeitar o pixaim. Noutros tempos, fritava os fios com o pente de ferro, mas agora estava livre e não carecia perder tempo com essas bobagens.

Começaram as idas ininterruptas ao hospital. Eu já estava na escola e sabia ler, o que a enchia de orgulho. Ela ficava maravilhada quando eu lia as placas dos ônibus. Íamos semanalmente ao posto do Glicério para as consultas. Agora, era eu quem a guiava. Os médicos receitaram terapias de luz e eu a conduzia às sessões, numa clínica onde as recepcionistas eram fãs de Djavan. Doces anos 80. Eu ficava na sala de espera ouvindo as canções e espiando a manhã quase sempre nublada de São Paulo.

Os patrões perceberam que ela já não podia trabalhar e sugeriram que requeresse a aposentadoria por invalidez. Assim, seguindo à risca as orientações e contando com a valiosa companhia de sua fiel amiga Antonieta, que era na verdade a mãe de seu patrãozinho, comparecemos a todas as consultas da perícia do Inamps. Numa delas, um médico lhe receitou um medicamento experimental, da última geração de corticoides, para, quem sabe, atenuar o quadro crônico. Infelizmente, ela trocou a dose prescrita por uma quantidade maior do remédio, o que ocasionou um quadro alérgico violento que deixou seu corpo repleto de feridas. Os braços, as costas e o couro cabeludo ficaram arruinados, tomados pelas chagas, e a aposentadoria foi inevitável. Ainda assim, ela enxergou algo de positivo em todas as mazelas e mostrava, com ar triunfante, o documento de identidade tirado às pressas para ser anexado à papelada da Previdência:

— Bem, não pude assiná-lo, já que sou analfabeta, mas, vejam, aqui está o desenho do meu polegar, carimbado, provando que eu sou eu mesma! Agora recebo aposentadoria, graças a Deus, aos meus bons patrões e à minha amiga Antonieta!

Nem sempre tivera bons patrões. A saúde havia se debilitado por causa do trabalho pesado da vida inteira, do forno para o tanque, do ferro de passar para o esfregão. Da lida no roçado na casa da madrinha que a criou com menos amor do que o que se oferece a um animal de carga. Agora, sentia-se premiada com a pequenina recompensa que lhe ofereciam. Não se dava conta de que a conseguira por merecimento e que o valor irrisório era muito inferior ao que ela necessitaria para sobreviver com dignidade. Sentia-se homenageada, contemplada, abençoada. Crianças...

Enquanto eu crescia, via-a encolher, invadida pelas dores. Ouvia de sua boca as frases feitas, que eram sua filosofia, saírem nos intervalos das baforadas:

— Êê! Quem vai por este mundo sete carros não carrega. Deus é quem pode tudo. Pode tudo!

— Ê... Não há sábado sem sol, nem domingo sem missa. Paciência, minha filha. Paciência!

— Não há bem que sempre dure, nem mal que nunca se acabe... Fé, minha filha.

Conhecia as nuvens. Sabia quando ia chover e quando a noite ia ser estrelada. Impressionante. Dizia-se ignorante, mas sabia tantas coisas, contava tantas histórias.

Não suportava atrasos e, mais do que pontual, era adiantada.

— Nasci de sete meses! — gabava-se. E começou a morrer com muita antecedência. Cansada, triste, cheia de dores, feridas, remorso, saudades. Males que lhe tomaram a alma.

Quando partiu, havia abandonado o uso do cachimbo e a amizade com as entidades. Converteu-se ao protestantismo, ouviu falar sobre o céu e a salvação e, maravilhada, sentiu-se confortada com a garantia de que não necessitaria mais voltar a este mundo para expiar culpas, como sempre acreditara. Não queria voltar. Estava farta. E quando ela finalmente fechou os olhos para sempre, já havia escolhido e separado a roupa com a qual gostaria de ser enterrada. Um conjunto azul-claro, estampado de mimosinhas.

A caminho do cemitério, acompanhei-a no carro do translado. Sentei no banco do carona e podia ver o caixão branco e a coroa de flores amarelas sobre ele. O automóvel percorreu a avenida em que incontáveis vezes havíamos caminhado, onde ela me carregara no colo ou me puxara pela mão. Agora, passávamos por ali pela última vez e me vi pequenina na calçada, observando, curiosa, um carro funerário e ouvindo dela mais um de seus provérbios:

— Esse já sabe como foi, nós ainda não sabemos como iremos. Vá em paz.

Agora eu sabia como ela havia ido e quis estar ao seu lado até o último minuto, arrependida por não tê-la abraçado mais vezes, por não ter investido mais tempo olhando o céu junto dela quando se sentava no velho banco de madeira e cachimbava silenciosamente. Fechei os olhos e, de todo o meu coração, pedi a Deus que o tempo voltasse e nós estivéssemos caminhando por aquela avenida mais uma vez. Queria segurar suas mãos deformadas pelo reumatismo de novo. Queria escutar seus casos assombrosos, nossos discos ou o velho radinho de pilha. Queria comer novamente um de seus pratos fabulosos, deitar a cabeça em seu colo, contar os furos queimados pelas brasinhas do pito em sua saia. Quanto tempo eu havia perdido ultimamente, cuidando da minha vida, do meu futuro. Quanto tempo.

Mas quando abri os olhos, meu pedido não havia se realizado. O carro estacionou em frente ao cemitério e eu soube que, de fato, não estivera sonhando, mas vivia o interminável pesadelo da despedida.

© Lilia Guerra, 2025

Todos os direitos desta edição reservados à Todavia.

Grafia atualizada segundo o Acordo Ortográfico da Língua Portuguesa de 1990, que entrou em vigor no Brasil em 2009.

capa
Paula Carvalho
obra de capa
Marcos da Matta
reprodução da obra de capa
Ilan Iglesias
composição
Jussara Fino
preparação
Cacilda Guerra
revisão
Jane Pessoa
Gabriela Marques Rocha

Dados Internacionais de Catalogação na Publicação (CIP)

Guerra, Lilia (1976-)
Perifobia : Histórias / Lilia Guerra. — 1. ed. — São Paulo : Todavia, 2025.

ISBN 978-65-5692-770-1

1. Literatura brasileira. 2. Conto. 3. Crônica. 4. Literatura contemporânea. 5. Periferia — histórias. 6. Favela. I. Título.

CDD B869.8

Índice para catálogo sistemático:
1. Literatura brasileira : Crônicas B869.8

Bruna Heller — Bibliotecária — CRB 10/2348

todavia
Rua Luís Anhaia, 44
05433.020 São Paulo SP
T. 55 11. 3094 0500
www.todavialivros.com.br

fonte
Register*
papel
Pólen natural 80 g/m²
impressão
Geográfica